Uwe Goeritz

# Im Schein der Hexenfeuer

Bibliografische Information der Deutschen Nationalbibliothek:

Die Deutsche Nationalbibliothek verzeichnet diese Publikation in der Deutschen Nationalbibliografie; detaillierte bibliografische Daten sind im Internet über http://dnb.dnb.de abrufbar.

© 2015 Uwe Goeritz

Coverbild: Uwe Goeritz / Jana Goeritz

Herstellung und Verlag: BoD – Books on Demand, Norderstedt

ISBN: 978-3-7347-7925-1

**Inhaltsverzeichnis**

Im Schein der Hexenfeuer ........................................................... 7
   Eine Hochzeit ........................................................................ 8
   Das kleine Dorf ................................................................... 12
   Überlebt? ............................................................................. 16
   Der weite Weg .................................................................... 20
   Im Hause des Kaufmannes ................................................. 24
   Ein Kind von wem? ............................................................ 28
   Was Kräuter erzählen ......................................................... 32
   Der schwarze Tod ............................................................... 36
   Eine willkommene Hilfe? ................................................... 40
   Die Anklage ........................................................................ 44
   Falsche Beschuldigungen ................................................... 48
   Vor Gericht ......................................................................... 53
   Rettung in letzter Sekunde ................................................. 57
   Ein schlimmes Urteil .......................................................... 61
   Das grausige Schauspiel ..................................................... 65
   Wieder vereint .................................................................... 69
   In Frieden leben? ................................................................ 74
   Neue Zerstörungen ............................................................. 78
   Hilfe wo sie gebraucht wird ............................................... 82
   Endlich Frieden? ................................................................ 86
   Der Blick in die Zukunft .................................................... 90
   Schatten der Erinnerung ..................................................... 94
   Ein Neuanfang? .................................................................. 98

Auf den Stufen der Kirche ....................................................... 102

# Im Schein der Hexenfeuer

Das Dunkel des Mittelalters wurde durch die Scheiterhaufen der Hexenverfolgungen in einer erschreckenden Weise beleuchtet. Dieses Buch ist all denen gewidmet, die in der Zeit der Hexenverfolgungen dem Wahn ihrer Mitmenschen zum Opfer fielen.

In der Zeit von 1450 bis 1750 waren es in Europa schätzungsweise 60.000 Frauen, Männer und Kinder, die unschuldig verfolgt, verurteilt und hingerichtet wurden. Die Anschuldigung anderer oder der bloße Verdacht reichten schon aus, um in die Fänge von Gerichten oder der Kirche zu gelangen, aus denen es kaum ein Entkommen gab.

Selbst die, welche einer Verurteilung entkamen und freigesprochen wurden, waren für den Rest ihres Lebens seelisch und körperlich vom Prozess, sowie der Befragung, gezeichnet.

Diese Geschichte spielt in einer Zeit der Angst und Gewalt. In einer Epoche in der niemand einem anderen vertrauen durfte oder konnte.

Die handelnden Figuren sind zu großen Teilen frei erfunden aber die historischen Bezüge sind durch archäologische Ausgrabungen, Dokumente, Sagen und Überlieferungen belegt.

**1. Kapitel**

# Eine Hochzeit

Die beiden braunen, zotteligen Pferde zogen den offenen Wagen die Straße entlang. Zu beiden Seiten war dichter, dunkler Wald zu sehen so weit das Auge reichte. Auf dem Wagen saß eine junge Frau im braunen Gewand einer Bäuerin. Mit fester Hand hielt sie die Zügel, das lange dunkelblonde Haar hatte sie mit einer Spange so zusammen gebunden, dass es auf ihren Rücken fiel und aussah wie die Schwänze der Pferde direkt vor ihr. Johanna, so hieß die Frau, fuhr mit ihrer ganzen Habe alleine zu ihrem Mann, den sie an diesem Tag heiraten würde.

Bei Sonnenaufgang hatte sie sich von ihrem Onkel verabschiedet, bei dem sie gelebt hatte, seit ihre Eltern im Krieg umgekommen waren. Es war Frühling und es war das Jahr 1630. In Sachsen war der Krieg, der schon seit Jahren in anderen Teilen des Landes wütete und von dem noch niemand wusste, dass er einst der dreißigjährige Krieg genannt werden würde, noch nicht in dem Masse ausgebrochen. Marodierende Truppen zogen zwar durch das Land, aber von großen Truppenverbänden und Kämpfen war das Land bisher verschont geblieben.

Die Sonne stand schon hoch am Himmel und Johanna würde bestimmt erst in vier oder fünf Stunden in ihrem neuen Heimatdorf eintreffen. Peter, so hieß ihr zukünftiger Mann, war Bauer in einem weit entfernten Dorf und einer der Geschäftspartner ihres Onkels. Sie hatte Peter, der etwa zehn Jahre älter als Johanna, also etwa dreißig Jahre alt, war, schon ein paar Mal im Hause des Onkels gesehen. Ihr Onkel hatte auch diese Heirat mit Peter verabredet. Johanna war dazu nicht gefragt worden.

Sie saß vorn auf dem offenen Wagen, hinter ihr lag ihre ganze Habe, doch sie hatte keine Angst so alleine auf der Straße. Der Dolch an ihrer Seite war kein Schmuckstück. Sie wusste sich zu wehren und auch der Bogen, der griffbereit mitsamt den Pfeilen hinter ihr lag, war in ihren Händen eine tödliche und treffsichere Waffe. Oft hatte sie hinter dem Hause des Onkels geübt zu schießen und kein Pfeil hatte bisher sein Ziel verfehlt.

An einem kleinen Bach hielt Johanna an und ließ die Pferde ihren Durst stillen. Sie füllte dort ebenfalls ihre Trinkflasche und schon wenig später machten sich die drei wieder auf den holprigen Weg, einer Zukunft entgegen, von der Johanna noch nicht wusste, was sie bringen würde. Sie trug heute das erste Mal das braune Kleid einer Bäuerin, bis gestern hatte sie noch die feineren Sachen einer Kaufmannstochter getragen und sie dachte sich, dass dies nicht die einzige Veränderung sein würde, die auf sie in den nächsten Tagen zukommen würde.

Einst hatte sie mit ihrer Familie in Böhmen gelebt, als der Krieg dort begann waren ihre Eltern und ihre Geschwister bei einem Angriff des katholischen Heeres umgekommen. Sie selbst war damals mit gerade mal acht Jahren als einzige Überlebende zu ihrem Onkel gekommen. Außer ihm hatte sie sonst niemanden mehr auf der Welt. Ab heute nun würde sie eine neue Familie haben.

Der Wald öffnete sich zu einer großen Freifläche und Johanna bog in einen Feldweg ab. Vor ihr zeichneten sich die Häuser des Dorfes ab. Ein paar Schweine sah sie neben dem Weg in einem Gatter im Schlamm wühlen. Aus der kleinen Siedlung kamen ihr ein paar Kinder entgegengelaufen, die ihr den Weg zeigten, als Johanna fragte wo Peters Haus war. Ein kleiner Junge setzte sich mit auf den Wagen und fuhr in das Dorf hinein. Er zeigte auf das Ende des Dorfes, wo ein größeres Haus mit ein paar Ställen drum herum stand.

Das Haus war aus Lehm mit einem Strohdach, es war sehr lang und alle Räume lagen auf einer Ebene hintereinander. Johanna war aus der Stadt Steinhäuser mit mehreren Etagen gewohnt, aber hier auf dem Land lebten die Menschen eben immer noch so wie schon seit hunderten von Jahren. Es war später Nachmittag und die Bauern kamen gerade von den Feldern zurück. Am Tor des Hauses stand Peter und Johanna blieb mit dem Wagen direkt vor ihm stehen. Während sie abstieg spannte Peter die Pferde aus und brachte sie in den Stall der links an das Haus angrenzte.

Da stand sie nun mitten im Dorf. Peter hatte sich noch nicht mal die Mühe gemacht sie zu begrüßen. Er kam gerade aus dem Stall zurück und trat an Johanna vorbei an den Wagen. Ohne ein Wort lud er die Sachen ab und brachte ihre Habe in das Haus hinein. Johanna schloss sich ihm einfach an. Es war dunkel im Haus, nur ein paar kleine Löcher in der Wand, die man von außen mit Bretten verschließen konnte, sorgten für ein paar Lichtstrahlen. Peter legte die Sachen in eines der Zimmer, die ohne Türen von einem langen Gang abzweigten.

Sie trat in den schmucklosen Raum und sah sich um. Das war nun ihr zuhause für den Rest ihres Lebens dachte sie sich. Ein Bett, ein paar Haken an der Wand und ein hölzerner Hocker, sonst nichts. Johanna verteilte ihre Sachen so in dem Raum, dass sie alles schnell finden konnte und auch sonst nicht dadurch gestört wurde. Peter nahm sie an die Hand und brachte sie in einen anderen Raum des Hauses. Ein langer Tisch stand darin und durch eine Öffnung in der Wand betrat man die dahinter liegende Küche. Das war der Speisesaal für alle Hausbewohner.

Am Tisch saßen zwei Knechte und zwei Mägde. Peter sagte "Das ist Johanna, eure neue Herrin, meine Frau." dann setzte er sich. Alles war gesagt. Was sollte sie dazu sagen? Sie setzte sich neben ihren Mann und eine der Mägde holte Brot und Wurst aus der Küche. Ein Topf mit Suppe wurde als nächstes gebracht und alle langten zu. Nach dem Essen teilte Peter die Arbeit für alle ein, dabei war er sehr viel gesprächiger als er es vorher mit Johanna gewesen war.

Ab dem nächsten Morgen war es Johannas Aufgabe sich um die Tiere zu kümmern. An den ersten beiden Tagen sollte eine der Mägde ihr helfen, danach musste sie die Aufgabe selbst erfüllen können. Nachdem alles gesagt war standen alle aus. Die Knechte schlossen die Fensterläden und jeder ging mit einem Talglicht in der Hand in das jeweilige dunkle Zimmer. Peter stellte das Licht auf den Hocker neben das Bett, das mehr ein mit Stroh gefüllter Sack und eine darüber gelegte Decke war.

Peter und Johanna legten sich in das Bett. Als er das Talglicht gelöscht hatte rollte sich Peter auf Johanna, der stechende Schmerz in ihrem Unterleib sagte ihr, dass die Ehe vollzogen und sie jetzt eine Frau war. Wenig später rollte sich der Mann wieder herunter und schlief ein. Johanna brauchte eine Weile bevor auch sie schlief.

## 2. Kapitel
# Das kleine Dorf

Als die Sonne aufging öffneten die Knechte die verschlossenen Fenster der Hütte wieder. Das Licht des neuen Tages drang in die Hütte und weckte alle die jetzt noch geschlafen hatten. Da der Stall direkt vor Johannas Fenster lag konnte sie die Kühe aus dem Stall schon rufen hören. Sie zog sich das Kleid über und trat in den Gang, aus dem Zimmer hinter ihr trat eine der Mägde an sie heran und gemeinsam gingen sie über den Hof zum Stall, so wie es Peter am Vorabend festgelegt hatte.

Zuerst wollten die Kühe gemolken werden, die Magd zeigte es Johanna an einer und danach teilten sie sich die Arbeit. Nach dem Melken mussten die Tiere gefüttert werden und der Mist musste aus dem Stall heraus. Körperliche Arbeit war Johanna gewohnt, aber diese hier war sehr Anstrengend. Mit der Mistgabel alles auf den flachen Wagen schaufeln, damit über den Hof und dort wieder abladen, dann wieder zurück und die nächste Ladung auf den Hof. Nach einer Stunde waren sie im Kuhstall fertig und es ging im Schweinestall weiter.

Am Mittag waren alle Tiere versorgt und Johanna konnte sich erst mal an einem der Tore wieder aufrichten. Der ganze Rücken tat ihr weh von der Arbeit. Immer bücken, wieder aufrichten, wieder bücken. Fast alle Arbeiten des Vormittags hatte sie gebückt machen müssen. Hier am Tor konnte sie endlich einen Blick auf das Dorf werfen. Als sie am Vortag hindurch gefahren war hatte sie für die kleinen Häuser keinen Blick gehabt.

Es waren zehn Wohnhäuser in dem Dorf, alle kleiner als das von Peter. Neben jedem Haus gab es einen, zwei oder drei Ställe sowie jeweils eine Scheune. Die Magd, ihr Name war Jutta und sie war genauso alt wie Johanna, erzählte ihr, dass Peter mehr Vieh hatte als der Rest des Dorfes zusammen. Johanna wusste nicht so recht, ob sie darauf stolz oder davor erschrocken sein sollte. Viel Vieh bedeutete für sie auch viel Arbeit.

Am Stall liefen ein paar Kinder entlang in Richtung der Felder, die Johanna vom Stall aus sehen konnte. Sie sah auch Peter mit den Knechten, wie sie den Mist, den sie früh aus dem Stall geholt hatten, mit dem Wagen auf das Feld karrten. "Ein jeder hier im Dorf hat seinen Aufgabe." erzählte Jutta weiter. "Hier muss Hand in Hand gearbeitet werden. Wenn du den Mist nicht in den Hof bringst, können die Knechte ihn danach nicht auf das Feld bringen und es würde nichts wachsen. Jeder muss sich auf jeden verlassen können." beendete die Magd ihre Erzählung.

Hier im Dorf lebten etwa fünfzig Menschen, die meisten davon konnte Johanna im Moment sehen. Am Tag war niemand in den finsteren Hütten, alle arbeiteten entweder auf den Feldern oder in den Ställen. Nur ein paar kleinere Kinder spielten bei ihren Müttern. Die größeren halfen auf den Feldern oder vertrieben die Vögel, die auf den Feldern die Saat herauspicken wollten. Ein kleiner, etwa hüfthoher Zaun umschloss den Hof von Peter. Die Ställe waren im Viereck angeordnet und dazwischen standen ein paar Karren und Wagen. An der Längsseite war das Wohnhaus. Alle Eingänge zeigten zum Hof in deren Mitte Johanna jetzt stand.

Eine Magd holte gerade Wasser aus dem Brunnen und erinnerte Johanna daran, dass sie noch Wasser in die Ställe bringen musste. Die Pause war vorbei, die Arbeit fing wieder an. In der Reihenfolge Kühe, Schweine, Gänse und Hühner wurden die Wassernäpfe in den Ställen gefüllt. Vom zentralen Brunnen lief Johanna mit dem Holzeimer zu jedem Stall. Zu den Kühen musste sie zehn Mal laufen, bevor der Napf, oder besser, der Trog, voll war.

Jetzt ging die Arbeit nicht mehr über den Rücken, sondern zog ihr die Arme lang. Johanna war froh, als der Arbeitstag endlich vorbei war. Sie setzte sich auf die Bank vor dem Wohnhaus und genoss die letzten Strahlen der Sonne. Zum Essen war sie viel zu müde, sie ging sofort in ihr Bett und als Peter in den Raum kam schlief sie schon lange.

Am nächsten Tag lief Jutta nur noch neben her und schaute zu, ob Johanna alles richtig machte. Ein paar Mal musste Jutta noch etwas erklären, aber sonst schaffte Johanna die Arbeit schon alleine. Auch war es nicht mehr so schwer für sie, weil sie sich langsam daran gewöhnte. Mit einigen der Frauen aus dem Dorf war Johanna über den Zaun auch ins Gespräch gekommen. Sie erhielt manchen Ratschlag und Tipp, der ihr das Leben leichter machen sollte.

Mit jedem Tag wurde Johanna schneller in ihrer Arbeit, nach ein paar Tagen erhielt sie sogar das erste Lob von Peter, der langsam auch etwas gesprächiger wurde. Er sah wie sehr sie sich bemühte die Aufgaben, die er ihr stellte, zu erfüllen. Langsam wurde Johanna eine erfahrene Bäuerin und da sie die Frau des Dorfvorstehers war, war sie auch gleichzeitig für die Frauen im Dorf zuständig. Wenn es Probleme oder Fragen gab kamen die Bäuerinnen zu ihr. Es war auch von nutzen, dass Johanna bei ihrem Onkel rechnen, schreiben und lesen gelernt hatte. Damit war sie die einzige im Dorf, die das konnte.

Immer sonntags nach der Kirche versuchte sie den Kindern im Dorf das Lesen beizubringen. Einige von den Erwachsenen standen, so wie zufällig, in der Nähe und versuchten ein paar Brocken und Tipps aufzuschnappen. Auf den Feldern zeigten sich die ersten Halme und Peter war zuversichtlich, dass sie in diesem Jahr eine gute Ernte haben würden. In den Jahren zuvor hatte es zur Erntezeit geregnet, oder es war vorher zu trocken gewesen. In einigen Jahren hatten sie nicht gewusst, wie sie das Vieh ernähren sollten, doch dieses Jahr verhieß es eine gute Ernte zu werden.

Es ging langsam auf den Juni zu und Johanna war schon ein viertel Jahr in dem Dorf. Die Sonne schien warm vom Himmel und kein Wölkchen war zu sehen. Immer höher wuchsen die Halme und immer besser wurde die Stimmung der Bauern. An manchen Abenden kam Peter singend oder pfeifend von seinem Kontrollgang zurück und im Überschwang der Freude gab es ab und zu auch mal einen Kuss für seine Frau. An einem Juniabend setzte er sich sogar auf die Bank neben sie.

## 3. Kapitel
## Überlebt?

Wie jeden Tag war Johanna auch an diesem Morgen im Juni in den Stall gegangen um die Kühe zu melken. Zehn Kühe standen dort im Stall und alle begrüßten sie mit einem kräftigen Muh. Johanna strich der ersten Kuh über den Kopf und setzte sich dann mit dem Eimer auf den Schemel neben die Kuh. Nach jeder Kuh brachte sie die gemolkene Milch zu einem großen Behälter, in dem sie dann später den Käse anrühren würde.

Gerade hatte sie die fünfte Kuh gemolken, als sie Pferdehufe, Hundegebell und rufe auf dem Platz vor dem Stall hörte. Sie dachte sich nichts weiter dabei und ging zum Sammelbehälter, als aus dem Rufen ein schreien wurde. Sie stürzte aus dem Stall heraus und sah einen Reiter in Rüstung auf sich zukommen. Bevor sie sich weg ducken konnte erhielt sie einen Schlag auf den Kopf und alles wurde dunkel.

Das Prasseln eines Feuers holte sie aus dem Dunkel zurück. Johanna lag nackt über einem Wagen und das Blut lief ihr über die Stirn. Sie fasst sich dort hin und zuckte vor Schmerz zusammen. Bis auf das Prasseln des Feuers war kein Laut ringsum zu hören. Sie raffte ihre zerrissenen Kleider zusammen, die neben ihr lagen, und schaute sich um. Keine Bewegung war zu sehen. Das Prasseln kam von dem Stall in dem sie gerade noch die Kühe gemolken hatte.

Gerade eben? Wie lange mag das wohl her sein, dass sie hier so gelegen hatte? Die Sonne stand schon hoch am Himmel und damit mussten es ein paar Stunden gewesen sein. Ihre Sachen hatte sie jetzt notdürftig wieder angezogen und geschlossen. Sie schaute sich um aber auch jetzt war nirgendwo auch nur eine Bewegung zu sehen. Der Stall war leer, dass konnte sie von hier aus sehen. Die zehn Kühe waren verschwunden. Also mussten Räuber oder marodierende Soldaten das Dorf überfallen haben.

Johanna lief von Haus zu Haus aber überall lagen nur Tote. Die Frauen waren fast alle nackt, Männer und Kinder waren erschlagen worden. Vor der Schwelle ihres Hauses fand sie ihrem Mann, auch dieser war nicht mehr am Leben. Mit einer Mistgabel hatte er vermutlich versucht sich zu wehren, er hielt den Stiel des Werkzeugs noch in der Hand. Von den Einwohnern des Dorfes war Johanna die einzige Überlebende. Alle Häuser und Ställe brannten und sie war vermutlich nur noch am Leben, weil die Angreifer gedacht hatten sie sei tot.

"Waren die Angreifer noch in der Nähe?" durchzuckte es Johanna. Schnell musste sie aus dem Dorf verschwinden. Aus ihrem brennenden Wohnhaus holte sie ein paar nicht zerrissene Sachen für sich, die sie schnell anzog. Sie verband die immer noch blutende Wunde an ihrer Stirn, steckte eine Wasserflasche und etwas Brot in eine Tasche und ging die vertraute Dorfstraße entlang zum Waldrand. Dort angekommen setzte sie sich mit dem Rücken an einem Baum und fing an zu weinen.

Erst jetzt bemerkte sie, dass ihr jeder Knochen im Leib weh tat. Was hatte die nur mit ihr angestellt? Da wollte sie lieber gar nicht drüber nachdenken. Als sie sich wieder soweit beruhigt hatte, dass sie einen klaren Gedanken fassen konnte, überlegte sie wohin sie sich nun wenden sollte. Immer noch mit dem Rücken an den Baum gelehnt kam ihr einzig und alleine ihr Onkel in den Sinn. Der Weg dorthin war mit einem Wagen einen Tag entfernt. In ihrer derzeitigen Verfassung würde sie bestimmt zwei Tage bis dorthin brauchen.

Sie bemerkte, dass sie auch noch auf der falschen Seite des Dorfes war. Sollte sie durch das Dorf zurück? Oder lieber am Waldrand entlang, auch wenn das länger dauern würde? Als sie aufstehen wollte sackte sie zurück. Vor Schmerzen konnte sie nicht aufstehen. „Ich muss!" dachte sie und zog sich stöhnend am Baum hoch. Auf einen Ast gestützt humpelte sie am Waldrand entlang, im Schutz des Dickichtes, um das Dorf herum. Aus dem Dorf hörte sie wieder Hufe klingen und warf sich hin. Vor Schmerz hätte sie fast aufgeschrien, aber sie riss sich zusammen.

Etwa zwanzig Reiter zogen durch das Dorf, keine zehn Meter vor Johanna blieben sie stehen und sie konnte aus dem Dickicht heraus die schimmernden Brustpanzer sowie Helme erkennen. Die Reiter unterhielten sich in einer fremden Sprache und Johanna duckte sich so gut es ging in das Gebüsch. Wenn sie durch das Dorf gegangen wäre, dann hätten die fremden Reiter sie jetzt schon getötet gehabt. Nach ein paar Minuten brachen die Reiter auf und verließen das Dorf in die Richtung in der Johanna vor ein paar Minuten noch am Baum gesessen hatte.

"Bis jetzt habe ich Glück gehabt. Glück?" dachte sie. "Na ja wie man es nimmt." Sie blieb eine ganze Weile in dem Gebüsch liegen, bevor sie sich traute aufzustehen und, auf den Ast gestützt, weiter zu humpeln. Sie ging tiefer in den Wald hinein, dort drin würden sie die Reiter nicht verfolgen können, es war zu uneben für die Pferde. Aber auch für Johanna war der Weg sehr beschwerlich. Sie musste vor dem Einbruch der Dämmerung wieder aus dem Wald heraus sein. Nachts im dunklen Wald? Die Angst davor trieb sie zur Eile.

Immer wieder fiel sie hin und sie schaffte es nicht den Wald vor der Dämmerung wieder zu verlassen. Im letzten Licht der Sonne suchte sie sich ein Gebüsch und legte sich darin nieder. Die Anstrengung und ihre Verletzungen sorgen dafür, dass sie sofort einschlief. Die Angst war ihr jetzt vollkommen egal, nur noch schlafen war ihr Wille. Wie ein dunkles Tuch senkte sich die Nacht über Johanna. Sie schlief so fest, dass sie in dieser Nacht keinerlei Geräusche mehr aufwecken konnten. Weder das ferne Geheul der Wölfe, noch das Schreien des Käuzchens über ihr.

Ein langer traumloser Schlaf überfiel Johanna dort in ihrem Versteck. Dieser Schlaf sorgte dafür, dass sie wieder zu Kräften kam und als am nächsten Morgen die Sonne ihre Strahlen bis zum Waldboden durch die Bäume schickte, gelang es Johanna ohne die Stütze aufzustehen. Sie konnte wieder fast normal gehen und auch die Schmerzen hatte etwas nachgelassen. Immer noch mit Mühe bewegte sie sich bis zum Waldrand, der gar nicht so weit von dem Gebüsch weg gewesen war, wie sie gedacht hatte.

## 4. Kapitel

# Der weite Weg

Johanna stand am Randes des Waldes. Über ihr rauschten die Blätter im Wind. Sie lehnte sich an einen der Bäume und schaute lange auf die freie Fläche hinaus. Sollte sie auf dem Weg gehen? Dabei bestand aber das Risiko, den Reitern wieder zu begegnen. Im Wald war sie vor diesen sicher, dort lauerten aber die wilden Tiere und sie kam nur langsam voran.

In der Abwägung zwischen wilden Tieren und Reitern ging sie lieber im Wald entlang. So würde der Weg bestimmt einen Tag länger dauern, aber er war sicherer. Die Tiere würden ihr sicher aus dem Weg gehen. Zumindest hoffte Johanna das. Durch den tiefen Wald wollte sie aber nicht gehen, daher entschied sich die Frau dafür, in Sichtweite der Straße durch den Wald zu gehen. Immer wieder hörte sie Pferde auf dem Weg neben sich, jedes Mal ließ sie sich fallen und versteckte sich im Unterholz. Lieber wollte sie gar nicht wissen wer dort ritt, als erwischt zu werden.

Auf diese Art kam sie noch langsamer voran. Jedes Hinfallen schmerzte sie. Der Wald sah überall gleich aus und sie hatte das Gefühl überhaupt nicht vorwärts zu kommen. Wenn sie die Straße nicht ab und zu durch das Unterholz gesehen hätte, könnte sie sich nicht sicher sein, dass sie nicht im Kreise ging. Gegen Mittag aß sie von dem Brot und füllte an einem kleinen Bach ihre Wasserflasche wieder auf. Johanna schaute an sich herunter. Der Rock hing nur noch in Streifen an ihr. Das Unterholz und die vielen Dornenhecken, die sie durchqueren musste, zerrten und rissen ständig an ihrer Kleidung.

Hände und Füße waren ebenfalls von den Dornen aufgerissen, aber die Schmerzen waren auszuhalten. Die Schmerzen des Vortages, des Überfalles und der Gewalt gegen sie, klangen langsam ab. Trotz des langen Weges ging es Johanna zunehmend besser. Als die Dämmerung einsetzte sah sie auf der freien Fläche vor dem Wald eine Scheune. Sollte sie dort drin übernachten und Schutz vor der Witterung suchen? Sie entschied sich aber für ein Gebüsch im Wald als Schlafplatz. Mitten in der Nacht hörte sie wieder das Prasseln des Feuers. War es ein Traum oder die Erinnerung an den Überfall? In einiger Entfernung sah Johanna einen Feuerschein durch die Bäume leuchten. Als sie an den Waldrand ging sah sie die Scheune lichterloh brennen.

Wieder hatte sie ihr Gefühl nicht getäuscht. Sie zog sich zurück in den Wald und legte sich in ihr Gebüsch. Johanna beschloss nun immer ihrem Gefühl zu folgen und ab dem Morgen im Wald weiter zu ziehen. Bei Tagesanbruch ging die Frau wieder los. Auch an diesem Tag lief sie weiter durch den Wald. Ein paar Mal strauchelte sie im Unterholz und schließlich fiel sie auf ihre Schulter. Vor Schmerz setzte sie sich an einen Baum und rieb sich den Arm. Tränen des Schmerzes und des Zorns liefen über ihre Wangen, aber sie stemmte sich hoch und setzte den Weg fort. Immer wieder bohrten sich die Dornen in ihre Arme und Beine, der zerfetzte Rock schützte sie kaum noch. Johanna brauchte etwas Stabileres zum anziehen. Gegen Mittag sah sie durch die Bäume die rauchenden Trümmer eines Bauernhauses auf einer Lichtung. Die Frau brauchte fast eine Stunde, bis sie sich traute die hundert Meter bis zur Scheune und zurück zum Wald zu laufen.

In den Trümmern fand sie eine Hose und einen Rock. Beides nahm sie an sich und zog im Wald die Hose unter den Rock. Vorher wischte sie an einem kleinen Bach das Blut von den Beinen. Jetzt konnte sie wieder weiter durch das Unterholz ziehen. Auch in dieser

Nacht blieb sie in einem Gebüsch. Das Heulen eines Wolfes ganz in der Nähe ließ sie diesmal aber nicht zur Ruhe kommen. Feuer, das den Wolf vertrieben hätte, konnte sie keins machen, also setzte sie sich mit dem Rücken an einen Baum, nahm einen großen Knüppel in die Hand und döste nur vor sich hin, statt zu schlafen. Sie überlegte sich, lieber in der Nacht zu gehen und am Tage zu ruhen. Da gerade Vollmond war setzte sie ihren Plan auch schon in dieser Nacht um.

Im Lichte des Mondes sah sie die Straße vor sich. Zu beiden Seiten reichte der Wald fast bis an die Straße heran. Da sich der Weg schlängelte konnte sie aber immer nur etwa hundert Meter nach vorn sehen. Jetzt in der Nacht war jedes Geräusch viel deutlicher zu hören. Sie war sich nicht sicher, ob der Wolf, den sie vorhin gehört hatte, ganz in der Nähe oder weit weg war. Aber wo einer war, waren die anderen vielleicht nicht weit. Mit einem einzelnen Wolf hätte sie es aufnehmen können aber mit einem Rudel wohl kaum. Selbst bewaffnete und in besserer Verfassung würde sie einer Gruppe von Wölfen immer aus dem Wege gehen.

Sie nahm all ihren Mut zusammen, ging in der Dunkelheit den Weg entlang und hielt die Ohren auf. Johanna hoffte so, herannahende Reiter so rechtzeitig zu hören, dass sie noch im Unterholz verschwinden konnte. Den Stock brauchte sie schon lange nicht mehr zum aufstützen, sondern benutzte ihn als Wanderstock und zum Schutz. Einmal musste sie in dieser Nacht im Unterholz Schutz finden, als eine Gruppe von Reitern, es mögen etwa zehn gewesen sein, ihr auf der Straße entgegen geritten kam. Im Dunkel konnte Johanna nicht erkennen, um wen es sich handelte. Nur das Schimmern des Mondlichtes auf den Helmen und Rüstungen sah sie.

Als es Morgen wurde zog sie sich zum schlafen in den Wald zurück. Am Abend setzte sie ihren Weg fort und als am Morgen des nächsten Tages die Sonne über den Baumwipfeln erschien sah sie das Tal vor sich, in dem die Stadt lag, in der ihr Onkel lebte.

Sie stieg über den Hügel, auf dem sie als Kind schon oft gespielt hatte und lief den Hang hinab zu der kleinen Straße. Im Unterholz ruhte sie sich noch ein paar Minuten aus. Sie sah den Fluss vor sich, der auf der anderen Straßenseite schimmerte. Als Johanna sah, dass die Stadttore sich öffneten stemmte sie sich mit letzter Kraft und auf den Stock gestützt hoch. Die letzten hundert Meter musste sie noch zurücklegen, dann fiel sie völlig erschöpft den Wachen am Tor vor die Füße.

## 5. Kapitel

## Im Hause des Kaufmannes

Ein brennender Schmerz durchzuckte Johanna. Als sie die Augen öffnete sah sie, wie durch einen Schleier, wie Mathilde, die Haushälterin ihres Onkels, ihr ein Tuch auf die Stirn drückte. "Wie lange liege ich den schon hier?" fragte sie mit schwacher Stimme und sie hörte Mathilde wie von fern antworten, "Du liegst schon seit einer Woche hier bei uns. Ich hohle deinen Onkel." dann verschwand die Frau. Johanna versuchte sich aufzurichten rutschte aber wieder nach hinten. Der zweite Versuch gelang und sie setzte sich im Bett auf. Der Lappen fiel ihr von der Stirn und Johanna sah, dass noch etwas Blut daran war. Die Wunde hatte sich auch nach einer Woche immer noch nicht richtig geschlossen.

Sie nahm den Lappen und drückte ihn gegen die Stirn. Sie biss die Zähne zusammen um nicht aufzustöhnen. Ihr Onkel betrat den Raum, gefolgt von Mathilde. Er setzte sich an das Bett, während die Haushälterin den Verband fest machte. "Wie geht es dir?" fragte der Onkel und Johanna schaute an sich herunter. Die Hände und Arme waren immer noch zerkratz, die Beine unter der Decke sicher auch, aber bis auf die Wunde an der Stirn ging es ihr gut.

"Mir geht es besser als dem Rest von meinem Dorf." sagte sie schließlich mit einem bitteren Beiton. Der Onkel nickte. Gerade mal ein viertel Jahr war sie verheiratet gewesen und jetzt war sie schon Witwe. "Du musst dich noch schonen." sagte Mathilde und drückte die Frau wieder in das Bett zurück. Mehr widerwillig ließ Johanna dies geschehen und doch war sie froh noch etwas ausruhen zu können.

Sie schloss die Augen und schlief wieder ein. Im Traum sah sie den Reiter in der Rüstung auf sich zu kommen und schreckte aus dem Schlaf auf. Ringsum war es dunkel, es war mitten in der Nacht. Sie setzte sich im Bett auf und versuchte mit den Füßen auf den Boden zu kommen. Vorsichtig tastete sie nach den Schuhen die sicher dort standen, doch sie fand sie nicht. Als sie versuchte aufzustehen holte sie die Schwäche wieder ein und sie musste sich wieder auf das Bett setzten. Das lange Liegen hatte ihr die Kräfte geraubt.

Ein paar Minuten saß sie so da und hielt sich den Kopf. Auf der Seite, wo der Reiter sie getroffen hatte, war noch ein taubes Gefühl. Ob das von der Wunde oder von Mathildes Kräutern war konnte sie nicht sagen, jedenfalls spürte Johanna, dass ein paar Kräuter unter dem Verband steckten. Sie stemmte sich ein zweites Mal nach oben und irgendetwas fiel polternd zu Boden. Mit einem Licht in der Hand betrat die Haushälterin kurze Zeit später den Raum und schaute nach ihr.

"Ich brauche etwas zu trinken." sagte Johanna und die Frau brachte ihr einen Becher Wasser. Mit einem Zug leere sie ihn und gab ihn zurück, um noch etwas Wasser zu erhalten. Auf die Haushälterin gestützt ging Johanna die Treppe hinab, zur Toilette auf dem Hof und später wieder zurück in das Haus. Die beiden Frauen setzten sich in die Küche und Johanna biss in das Brot, das ihr Mathilde gereicht hatte. Trockenes Brot, ohne alles, aber es schmeckte so köstlich nach all der Zeit.

"Dein Fieber wollte lange nicht sinken." begann Mathilde. Sie war etwa fünfzig Jahre alt und für Johanna war sie so etwas wie eine zweite Mutter. Seit sie hier im Hause war hatte sich Mathilde um sie gekümmert, und das waren nun schon mehr wie zwölf Jahre. Johanna fing an über ihre Erlebnisse im Dorf zu erzählen. Für sie war es wie eine Befreiung, dass sie alles der Frau anvertrauen konnte. Bei der Schilderung des letzten Tages geriet Johanna ins stocken. Sollte sie wirklich alles erzählen?

Sie erzählte alles, an das sie sich erinnern konnte und auch die Flucht durch den Wald erzählte sie ausführlich. Als sie fertig war sah sie, dass draußen schon die Sonne ihre ersten Strahlen durch die Fenster schickte. Sie war wieder in der Stadt. Hier hatten die Fenster Glas und waren nicht nur Löcher in der Wand. Die Räume hatten Türen, die man auf und zumachen konnte. In der Schilderung war sie gerade noch im Dorf gewesen.

Die Mägde kamen in die Küche, um das Essen vorzubereiten und auch Mathilde musste dabei helfen. Johanna blieb auf dem Stuhl sitzen und betrachtete das Arbeiten um sie herum. Nichts zu machen war ihr irgendwie peinlich, doch als sie aufstehen wollte drückte Mathilde sie wieder in den Stuhl zurück. Sie gab ihr eine Schüssel mit Suppe und ein Stück Brot und sagte "Du musst erst mal zu Kräften kommen." Johanna nickte und langte kräftig zu, sie musste eine ganze Woche nachholen, die sie verschlafen hatte.

Nach dem Essen verband Mathilde ihre Wunde neu und half ihr beim Anziehen. Sie ging zu ihrem Onkel in das Kontor und setzte sich dort an den Schreibtisch. Der Onkel betrat, zusammen mit Siegfried, seinem Gehilfen, das Kontor und sah, dass Johanna schon auf ihn wartete. Auf ihre stumme Frage hin sagte er "Wenn du möchtest kannst du mir hier helfen." Johanna wollte nicken, in Anbetracht der Wunde auf der Stirn ließ sie aber davon ab und sagte nur einfach "Ja."

In den nächsten Wochen arbeitet sie eng mit Siegfried zusammen. Er war genauso alt wie sie und die beiden hatten schon als Kinder miteinander gespielt. Johanna machte die Buchführung und er zählte alles zusammen, was sie dann aufschreiben musste. Im vorderen Teil des Kontors kaufte und verkaufte ihr Onkel seine Waren, jeden Tag kamen Kunden und für jeden hatte Johanna ein gutes Wort oder eine freundliche Geste.

Die Schatten der Erinnerung begannen langsam zu verblassen, bis sie erneut in Johannas Gedächtnis zurück gerufen wurden. Sie musste sich jetzt jeden früh nach dem aufstehen übergeben und Mathilde stellte fest, dass sie schwanger war. Nur von wem? Da sie nicht wusste was mit ihr in der Zeit passiert war, als sie bewusstlos dort auf ihrem Hof gelegen hatte, wusste sie auch nicht, ob sie nicht doch von ihrem Mann schwanger geworden war. Es blieb nur abzuwarten und nach einiger Zeit normalisierte sich auch ihr Magen wieder. Dank Mathildes Kräuter.

## 6. Kapitel

# Ein Kind von wem?

Der Winter war gekommen und das neue Jahr hatte angefangen. Es war Ende Januar und Johanna lebte nun schon wieder acht Monate im Hause ihres Onkels. Jeden früh wurde es schwerer aufzustehen, der Bauch wurde immer größer. Lange konnte es nicht mehr dauern, bis es soweit war. Mathilde unterstütze sie mit ihren Kräutern so gut es ging, aber mit dem Bauch herumlaufen musste Johanna alleine. Zum Glück konnte sie im Kontor bei der Arbeit sitzen. Immer wenn sie aufstehen wollte musste Siegfried ihr helfen.

Mittlerweile waren die beiden so eingespielt, dass sich ihr Onkel ab und zu mal eine Auszeit gönnen konnte. Er unternahm längere Handelsreisen und überließ in dieser Zeit den Beiden das Geschäft. Von jeder Reise brachte er Johanna etwas mit. Da er keine eigenen Kinder hatte, und Johanna seine einzige Verwandte war, lebte sie fast so wie eine Tochter des Kaufmannes. Die Arbeit der Buchführung war zum Glück ebenfalls nicht so anstrengend. Sie dachte an die Arbeit im dem Dorf zurück und fragte sich wie die Bäuerinnen das dort geschafft hatten, wenn diese schwanger waren. Die Tiere konnten ja keine Rücksicht nehmen und jede Hand wurde gebraucht.

Am Abend traf der Onkel wieder in dem Haus ein, er hatte Johanna ein buntes Tuch mitgebracht, dass er ihr sofort um den Hals legte. Sie bedankte sich für das schöne Geschenk und wollte vom Stuhl aufstehen. Als Siegfried ihr helfen wollte merkte sie, dass etwas anders war als sonst. Ein Schmerz durchzog ihren Bauch und sie schrie auf. Mathilde eilte zu ihr und brachte sie in ihr Zimmer. Die erfahrene Frau sagte "Es geht los mein Kind." zu Johanna.

Die Mägde gingen Mathilde zur Hand und halfen ihr wo es nur ging. Die Abstände zwischen den Schmerzen wurden immer kürzer und der Schmerz immer stärker. Mathilde hatte Johanna ein Stück Holz gegeben, in das sie beißen konnte, um den Schmerz nicht heraus zu schreien. Die ganze Nacht durchlief Johanna eine Welle nach der anderen und erst bei Anbruch des Tages hatte Johanna es geschafft.

Mit einem Schrei begrüßte ihre Tochter die Sonne, die sich gerade vor dem Fenster zeigte. Während Johanna völlig erschöpft einschlief versorgte Mathilde das Kind. Schon viele Kinder hatte sie auf die Welt gebracht, doch dieses hier war fast wie ein Enkel für sie. Sie säuberte das Kind und wickelte es in ein Tuch. Eine Stunde später war Johanna wieder wach und versorgte das Kind unter Anleitung der erfahrenen Frau. "Wie soll sie den heißen?" fragte Mathilde und Johanna sagte, ohne lange nachzudenken, "Maria."

Siegfried hatte eine Wiege gebaut, die er in das Zimmer stellte. Immer noch geschafft, aber glücklich, dankte Johanna ihm dafür und legte das Kind hinein. Auch der Onkel kam in das Zimmer und schaute in die Wiege hinein. Die stille Frage aller war "Wem sieht sie ähnlich?" auch Johanna stellte sich die Frage als sie in die Wiege schaute. Im Gesicht sah die Kleine wie Johanna aus, aber sie hatte hellblonde Haare, so hell und goldgelb wie Stroh.

Weder Peter noch Johanna hatten solch helles Haar und Johanna sah die Bestätigung ihrer Gedanken in jedem Blick, den die Anderen in die Wiege warfen. "Es ist mein Kind." sagte sie laut, um alle Fragen mit einer Antwort wegzuwischen. Bereits eine Woche später wurde das Kind in der Kirche der Stadt auf den Namen Maria getauft. Johanna stellte die Wiege in das Kontor, so konnte sie arbeiten und auf das Kind aufpassen. Jeder der das Kontor betrat warf immer zuerst einen Blick in die Wiege, obwohl diese am anderen Ende des Raumes stand.

Nur zum füttern verließ Johanna das Kontor und ging mit Maria in die Küche, um sie zu stillen. Die goldgelben Haare Marias wurden immer länger und mit ihnen hatte Johanna immer ein Zeichen dieses verhängnisvollen Tages vor den Augen. Dies beeinträchtigte ihre Liebe zu dem Kind jedoch nicht. Sie liebte sie nur noch viel stärker. Jeden Morgen trug Siegfried die Wiege nach unten und am Abend wieder nach oben in Johannas Zimmer. Nach zwei Monaten fasste er sich ein Herz und bat den Onkel um die Hand Johannas.

Der Onkel war mit dieser Wendung der Dinge sehr zufrieden und sagte gern zu. Auch Johanna war mit seiner Frage einverstanden, auch wenn sie niemand gefragt hatte oder hätte. Da sie Witwe war durfte sie wieder heiraten. Somit hatte Maria dann auch einen richtigen Vater. Am darauf folgenden Sonntag wurde die Ehe nach dem wöchentlichen Gottesdienst geschlossen und vom Pfarrer gesegnet. Nach der Feier wechselte Johanna das Zimmer in ihrem Haus und zog zu Siegfried an das andere Ende des Flures. In dieser Nacht vollzogen sie ihre Ehe und wachten als Mann und Frau am nächsten Morgen auf.

Zusammen mit Maria waren sie nun eine kleine Familie und führten gemeinsam das Kontor des Onkels. Nach ein paar Wochen merkte Johanna, dass sie erneut schwanger war. Diesmal war der Vater klar und Siegfried freute sich auf das Kind. Das ihr erstes gemeinsames werden sollte. Bei diesem zweiten Kind ging es Johanna sehr viel besser, durch die Erfahrungen, und durch Mathildes Kräuter, war die Übelkeit am Anfang der Schwangerschaft nicht so groß. Über den Sommer hin wuchs ihr Bauch langsam und zum Glück war es in diesem Jahr nicht so heiß, so dass sie ohne Probleme und Beschwerden bis in den Herbst kam.

Als wieder der Winter einsetzte, in diesem Jahr später als sonst, musste ihr Siegfried jeden Morgen beim Aufstehen helfen. Alleine wäre sie nicht aus dem Bett gekommen. Auch beim Aufstehen vom Stuhl im Kontor musste er ihr, wie schon beim ersten Kind, helfen. Mitten im Winter, als das alte Jahr endete, wurde ihr zweites Kind unter Schmerzen geboren. Diesmal war es ein Junge und die beiden nannten ihn Karl. Maria war fast ein Jahr alt und Johanna musste sie immer beaufsichtigen, was ihr, mit dem zweiten Kind auf dem Schoß, nicht immer vollständig gelang, da Maria für ihr Alter schon sehr schnell war. Darum stellten sie eine der Mägde nur zur Aufsicht für die Kinder ab.

Die junge Magd, mit Namen Jutta, so wie die Magd damals im Dorf, half Johanna bei allen ihren Arbeiten, so dass Johanna weiter im Kontor helfen konnte und sich auch um die beiden kleinen Kinder kümmern konnte.

## 7. Kapitel

# Was Kräuter erzählen

Als der Frühling in das Land kam setzte sich Johanna mit Jutta und den beiden Kindern in den Garten hinter das Haus des Onkels. An einer Seite des Gartens hatte Mathilde ein paar Kräuter angepflanzt, die sie für den Hausgebrauch, aber auch für Bekannte und Hilfesuchende erntete. In den ersten warmen Tagen fingen die Kräuter an zu blühen und Mathilde erzählte Johanna wofür welches Kraut da war.

"Woher weißt du welches Kraut du für was oder wen benutzen kannst?" fragte Johanna nach einer ganzen Weile erstaunt. Mathilde überlegte kurz und erwiderte dann "Ich höre den Kräutern zu. Sie erzählen mir wofür ich sie nehmen kann und wofür nicht. Wenn du genau hinhörst, kannst du ihre Stimme als Gefühl in dir Wahrnehmen." Johanna nahm Maria auf ihren Schoß und setzte sich mitten zwischen die Kräuter.

Still horchte sie in sich hinein und wartete. Maria zupfte ein Blütenblatt von einer der Pflanzen ab und als Johanna es ihr abnahm hörte sie in ihrem Inneren eine feine Stimme, die sagte "Wenn du mich mit Wasser überbrühst und den Sud trinkst helfe ich gegen Halsschmerzen." Sie schaute sich um, nur Maria war in ihrer Nähe. Hatte die Pflanze wirklich gesprochen? Sie nahm das Pflanzenteil und ging zu Mathilde "Wofür ist diese Pflanze?" fragte sie um eine Bestätigung ihrer Ahnung zu erhalten.

Mathilde bestätigte Johannas Ahnung. Nach und nach nahm Johanna alle Pflanzen in die Hand und lernte an diesem Tag so viel Neues. Maria machte in dem Garten ihre ersten Schritte durch die

Wiese. Jutta wiegte Karl auf den Knien und sang ihm ein Lied. Johanna stimmte mit ein und auch Mathilde fing an zu singen. Die drei Frauen sangen den beiden Kindern ein Wiegenlied. Karl schlief schnell ein und auch Maria setzte sich in das Gras.

Das kleine Mädchen spielte mit der schwarzen Katze, die zusammen mit den drei anderen Katzen dafür zu sorgen hatte, dass im Lager neben dem Kontor nicht zu viele Mäuse wohnten. Das Schnurren der Katze war so eindringlich, dass Maria mit der Katze auf dem Schoß im Gras einschlief. Während Jutta auf die beiden Kinder aufpasste ernteten die beiden anderen Frauen die ersten Kräuter des Jahres. Der Geruch von einigen dieser Kräuter war sehr intensiv.

Am Nachmittag gingen sie wieder in das Haus zurück. Mit ein paar der frisch geernteten Kräuter ging Mathilde auf den Markt. Sie tauschte diese gegen andere Kräuter, die ein Händler aus fernen Ländern mitgebracht hatte und die nicht in ihrem Garten wuchsen. Als sie wieder zu Hause war hing sie die Kräuter zum trocknen auf den Dachboden. Die am Morgen im Garten gesammelten hing sie auf eine zweite Leine. Johanna half ihr und erfuhr so auch noch etwas zur Zubereitung der Kräuter.

Johanna überlegte sich, ob sie die Kräuter nicht auch im Kontor handeln konnte. Sie sprach am Abend mit ihrem Mann darüber und er stimmte ihr zu. Sie machte eine Liste, in der sie alle Kräuter eintrug mit denen sich ein Handel lohnen würde. Diese Liste stimmte sie zuerst mit Mathilde ab und gab sie dann ihrem Mann. Siegfried rechnete kurz durch und machte sich am nächsten Morgen mit einem Pferd auf den Weg um einen Händler zu finden.

Er war zwei Tage unterwegs, bis er in der großen Stadt einen Händler fand, der genau mit diesen Kräutern handelte. Sie setzten sich in dessen Kontor und besprachen ihren Handel. Der fremde Händler hatte auch Gewürze aus dem Orient, die er Siegfried zeigte. Siegfried kaufte ein kleines Säckchen der fremden Gewürze und nahm sie mit zu Johanna.

Zwei Tage später überreichte er sie seiner Frau. Mit Mathilde zusammen überlegten sie wozu diese Kräuter wohl gut sein könnten. Johanna schlug vor einen Teil der Kräuter zu überbrühen und den Sud davon zu trinken. Das warme Getränk schmeckte würzig und war sehr lecker. Auf diese Art konnten die Kräuter für die Gesundheit eingesetzt werden.

Ab diesem Tag handelten sie regelmäßig mit den Kräutern und Gewürzen. Es wurde ihr bestes Produkt und verkaufte sich sehr gut. Zusammen mit Johannas Tipps waren die Kräuter noch viel wertvoller. Viele Frauen aus der Umgebung besuchten das Kontor in der kleinen Stadt und Johanna kam mit ihnen allen kurz ins Gespräch. Bisher hatten immer nur Männer den kleinen Laden aufgesucht, doch durch Johannas kleine Kräuterecke wurden es immer mehr Frauen.

Von vielen hörte Johanna, wie es außerhalb der Stadt so zuging. Plündernde, raubende, mordende und brandschatzende Söldnerbanden zogen überall im Land umher. Die großen Heere waren ja noch geordnet unterwegs, doch die kleinen Gruppen von oft nicht mehr wie zwanzig Söldnern terrorisierten die ganze Umgebung. Nicht ein Haus gab es im Umkreis von einem Tagesmarsch, das nicht schon einmal überfallen gewesen wäre.

Johannas Dorf war da nicht die Ausnahme gewesen. Durch die Frauen und ihre Nachrichten wurde Johannas Ecke im Kontor gleichzeitig auch ein Nachrichtenaustauschpunkt. Sie erfuhr viel und gab auch viel an andere Frauen weiter. Durch das Fehlen der Bauern und die Angst vor den Söldnern kam es auch in diesem Jahr zu einer Missernte, das Wetter war ebenfalls nicht so gut gewesen. Genau in der Erntezeit hatte es angefangen zu Regnen und zu Hageln. Das bisschen, das die Bauern ernten konnten, reichte oft gerade mal für das Überleben der Bauernfamilien.

Hier in der Stadt, mit der Mauer drum herum, war man relativ sicher. Das führte dazu, dass immer mehr Bauern aus der Umgebung den Schutz der Stadt suchten. Jedes Haus, jeder Schuppen, jeder Stall in der Stadt war mit Menschen belegt, was dazu führte, dass außerhalb der Stadt fast nur noch Söldner zu finden waren und keine Bauern mehr. Die Ernte verdarb auf den Feldern und der Wind strich durch die Dächer langsam verfallender Bauernhöfe.

Die Handelstransporte, die Siegfried früher alleine mit dem Wagen gemacht hatte, mussten nun mit bezahlten Söldnern gegen die anderen Söldner geschützt werden. Dies machte die Transporte teurer und schwieriger. Wo immer es möglich war schlossen sich die Kaufleute der Stadt mit ihren Wagen zu Konvois zusammen und teilten sich das Geld für die Bewachung untereinander auf. Die langen Wagenkolonnen zogen einmal im Monat über das Land und füllten die Vorratsspeicher wieder auf. Der Preis der Waren stieg und viele konnten sich bald die einfachsten Dinge nicht mehr leisten.

**8. Kapitel**

# Der schwarze Tod

Es war ein regnerischer Herbst im Jahr 1632, als sich der Schatten des Todes über die kleine Stadt legte. Mehrere Händler, die mit einem Konvoi aus Dresden eingetroffen waren, bekamen in der Schänke der Stadt Fieber und konnten nicht mehr aufstehen. Ein hinzugerufener Bader schreckte sofort zurück. Er sah die geschwollenen schwarzen Flecken am Hals seiner Patienten. Er flüsterte nur „Der schwarze Tod ist zurück." und verließ fluchtartig die Schänke.

Innerhalb von Minuten war in der ganzen Stadt bekannt geworden, dass die Pest zurück war. Bereits 1613 hatte die Seuche schlimm gewütet und fast alle wussten, was dies zu bedeuten hatte. In der völlig überfüllten Stadt brach Panik aus. Wo sonst nur etwa tausend Menschen lebten waren es durch die Kriegsfolgen mehr als doppelt so viele. Wohin sollten sich die Menschen wenden, blieben sie in der Stadt, holte sie die Pest und außerhalb der Stadt lauerten die Söldner. Der Rat der Stadt berief eine Sitzung ein, an der auch Siegfried teilnahm.

In früheren Zeiten hatte man vor der Stadt Hütten gebaut und die Erkrankten dorthin gebracht, doch jetzt war dies nicht möglich. Ein Teil der Stadt wurde abgesperrt und soweit es ging geräumt, alle Erkrankten sollten dort untergebracht werden. doch es war einfach kein Platz. Bereits am Abend des Tages brach der Plan durch die Anzahl der Erkrankungen zusammen. Es waren einfach zu viele.

Auch Johanna bekam Fieber. Mathilde half ihr mit Kräutern und räucherte das ganze Haus aus. Der kräftige Geruch des Weihrauches und Salbeis war bis auf die Straße zu riechen. Nach ein paar Tagen ging es Johanna wieder gut. Als sie das erste Mal wieder auf die Straße ging band sie sich ein in Rosenwasser getränktes Tuch vor Mund und Nase, um den Gestank der sterbenden Stadt von sich abzuhalten.

An jedem Zweiten Haus war schon das Kreuz an der Tür, als Zeichen, das in diesem Haus jemand an der Pest erkrankt oder gestorben war. Die Stadtwachen hatten die Aufgabe mit einem Karren durch die Straßen zu ziehen und alle Opfer der Seuche einzusammeln. Vor den Toren der Stadt wurden die Toten eilig in eine große Grube getan. Daneben brannte Tag und Nacht ein Feuer, in dem die Habseligkeiten und Kleider der Toten sofort verbrannt wurden. Wenn der Wind ungünstig stand zogen die dunklen Rauchschwaden durch die Gassen und verstärkten das Grauen bei den Überlebenden noch viel mehr.

Johanna ging nur noch dann vor die Tür, wenn sie wirklich das Haus verlassen musste. Das Kontor wurde geschlossen, es gab sowieso keinen mehr, der jetzt noch etwas kaufen wollte. Alle waren damit beschäftigt einfach nur zu überleben. Dank Mathildes Bemühungen oder dank Gottes schützender Hand erkrankte in Johannas Familie keiner nach ihr an der Seuche. Ihr Haus blieb verschont.

Zusammen mit dem Bader begann Johanna sich um die leichteren Fälle zu kümmern, bei denen noch Hoffnung war, dass sie es überleben konnten. Bevor sie danach wieder in ihr Zuhause zurück kehrte, säuberte sie sich ausgiebig und wurde von Mathilde mit Kräutern ab geräuchert. Sie blieb dadurch gesund, sah aber, dass außerhalb des Hauses die Seuche immer mehr durch die Straßen wütete.

Schon bald waren die Soldaten der Stadtwache vollkommen überfordert mit dem Abtransport der Leichen. Vier Wochen nach dem ersten Krankheitsfall lagen überall in der Stadt tote oder sterbende Menschen auf den Straßen.

Erst als der erste Schnee zwei Wochen später sein weißes Leichentuch über die Stadt legte hörte die Krankheit auf zu wüten. Es gab keine neuen Erkrankten mehr und der Bader stöhnte „Ich glaube wir haben es geschafft." Die Aufräumarbeiten waren im vollen Gange und erst jetzt ließ sich das ganze Ausmaß der Seuche feststellen. Es waren nicht einmal fünfhundert Menschen in der Stadt die diesen Herbst überlebt hatte. Mehr als drei Viertel der Bevölkerung waren nicht mehr da.

Wo vorher eine völlig überbevölkerte Stadt gewesen war, waren nur Häuser leer und der Wind heulte in den Gassen. Außer in Johannas Familie hatte jedes Haus mindestens zwei Tote zu beklagen. Einige Familien hatten vollkommen aufgehört zu existieren und als Johanna einige Frauen, die sie aus dem Kontor kannte, besuchen wollte stellte sie fest, dass auch viele von ihren Freundinnen die Krankheitswelle nicht überlebt hatten.

Nur langsam kehrte die Normalität zurück. Der Winter wurde sehr hart für die Überlebenden. Da keine Vorräte vorhanden waren setzte in diesem Winter auch noch der Hunger ein. Die gestorbenen Menschen fehlten überall. Selbst in Siegfrieds und Johannas Familie, die jetzt mit eine der Wohlhabendsten der Stadt war, wurde das Essen knapp. Alles was auch nur irgendwie Essbar war wanderte in den Topf.

Alle ersehnten das Ende des Winters, befürchteten aber gleichzeitig, dass mit dem Ende der Kälte auch die Krankheit zurück kommen würde. Doch die kleine Stadt, und ihre Bewohner mit ihr, hatte Glück. Die Seuche war beendet und mit dem ersten Grün ringsum setzte ein Aufatmen ein. Jetzt gab es wenigstens wieder etwas zu essen und auch die Kolonnen der Händler konnten wieder die Stadt verlassen und Handel treiben.

Am ersten Frühlingssonntag wurde in der Kirche ein großer Dankgottesdienst abgehalten und danach auf dem Marktplatz eine große Feier mit Essen, Musik und Tanz. In der Kirche gedachten sie der Toten und danach auf dem Markt der Lebenden, oder besser den Überlebenden. Doch Johanna bemerkte sehr wohl, dass sich etwas geändert hatte. Sie sah das Tuscheln hinter ihrem Rücken. Der Argwohn der Menschen, weil bei Johannas Familie niemand gestorben war. Den Neid der Anderen, dass sie so gut aus der Seuche heraus gekommen waren aber auch die Missgunst der Menschen, die Johanna gegenüber aber nicht offen gezeigt wurde.

Ihre kleine Kräuterecke wurde wieder zu einem Anlaufpunkt, aber es waren nicht mehr so viele Frauen wie vorher, was nicht nur daran lag, dass viele ihrer Freundinnen an der Pest gestorben waren, sondern auch an dem fehlenden Vertrauen ihr gegenüber lag.

Wie konnte Johanna dieses Vertrauen wieder zurückgewinnen? Ging das überhaupt? Eines Abends, als die Kinder im Bett waren, setzte sie sich mit Mathilde an den Küchentisch und versuchte eine Lösung zu finden. Auch die Haushälterin hatte bemerkt, dass sich da etwas hinter ihrem Rücken langsam in der Stadt zusammenbraute. Etwas Unheilvolles lag in der Luft, dass sie nicht mit Kräutern behandeln konnte und gegen das es kein Heilmittel gab.

## 9. Kapitel

## Eine willkommene Hilfe?

Drei Jahre waren seit der Seuche vergangen und Johanna hatte im Frühjahr ihr drittes Kind, wieder ein Mädchen, bekommen. Ihrem Onkel ging es jetzt zunehmend immer schlechter. Er war schon mehr als sechzig Jahre alt und konnte oft das Haus nicht mehr verlassen. Wenn er dennoch ging, von Zeit zu Zeit zur Schänke oder in das nahe Rathaus, dann ging er langsam und auf einen Stock gestützt.

Das Kontor führten Siegfried und Johanna schon seit ein paar Jahren fast ganz alleine. Der Onkel hatte sich aus dem Geschäft zurückgezogen und nur wenn sie einen Rat brauchten gingen sie in das kleine Zimmer neben dem Kontor, wo er am warmen Ofen sitzen konnte. Selbst jetzt im Frühling, wo draußen die Sonne schön warm schien und alles blühte, saß der alte Mann auf der Bank vor seinem Ofen.

Maria, die nun schon fünf Jahre alt war, spielte gern mit ihrem Großvater, Karl mit seinen vier Jahren zog es mehr zu Siegfried. Wann immer es ging spielte der Vater mit seinem Sohn im Kontor. Aus Holzstücken hatte er ein paar Würfel sägen lassen mit denen er zusammen mit seinem Sohn in einer Ecke des Kontors kleine Häuser baute.

Johanna versuchte immer noch die Bedrohung, die sie über ihrem Kopf spürte, zu bekämpfen. Wo immer es möglich war ging sie zu den verschiedenen Familien und Frauen. Sie gab gern ihr Wissen weiter und half bei den verschiedensten Dingen im Haushalt. Das Tuscheln war dadurch aber nur leiser geworden und seit der Pest nie wieder ganz verstummt.

An einem schönen Frühlingsabend schloss ihr Onkel für immer seine Augen. Nach seiner Verfügung sollten Siegfried und Johanna das Geschäft in seinem Sinne weiter führen. So war es geschrieben und so sollte es, auch im Sinne des Stadtrates, geschehen. In diesem Rat erhielt Siegfried den Sitz, den Johannas Onkel bisher inne hatte.

Nach der Trauerfeier für ihren Onkel kehrte Johanna mit ihren Kindern in das, nunmehr ihr selbst gehörende, Haus zurück. Das Erbe, das sie nun antrat, war zwar vom Wert her nicht so groß, aber die Position die Johanna, jetzt als Kaufmannsfrau, erhielt, zog noch mehr Neider an. In den folgenden zwei Wochen ordneten sie und ihr Mann die Geschäftsunterlagen. Danach machte sich Siegfried auf eine längere Rundreise, um alle Geschäftspartner von der Übernahme des Kontors zu informieren und neue Abschlüsse zu vereinbaren.

Er verabschiedete sich an der Tür des Hauses von seiner Frau und ritt am frühen Nachmittag los. Die Satteltaschen mit Papieren gefüllt und ein gutes Schwert an seiner Seite passierte er das Stadttor. Bereits am Abend hatte er die ersten Abschlüsse vorgenommen.

In der Abwesenheit ihres Mannes führte Johanna nun alleine die Geschäfte. Sie war verantwortlich für den Laden, die Familie, Mathilde, Jutta und weitere drei Mägde. Also insgesamt für neun Personen. Ein jeder hatte seine Aufgaben und Johanna kam mit allen gut zurecht. Die Frauen arbeiteten am Abend alle zusammen in der Küche. Nie wäre es Johanna in den Sinn gekommen, die Hausherrin zu spielen und die Bediensteten herum zu scheuchen. Lieber wollte sie mit allen im Guten zusammenarbeiten.

Siegfried war seit einer Woche unterwegs, als am frühen Morgen, die Sonne ging gerade auf, an den Eingang des Hauses geklopft wurde. Die Magd, die Küchendienst hatte und damit als erste mit der Arbeit begann, öffnete die Tür und wurde sofort von vielen Bewaffneten zur Seite gestoßen. Zwanzig Soldaten der Stadtwache stürmten in das Haus hinein.

Johanna saß im Nachthemd an der Wiege ihres jüngsten Kindes und stillte die Kleine gerade, als die Soldaten in ihr Zimmer gestürmt kamen. Sie legte die Kleine zurück und wollte wissen, was die Soldaten hier wollten, doch ohne ein Wort wurden ihr die Hände auf dem Rücken gefesselt und sie wurde aus dem Zimmer gezerrt.

Johanna konnte nur noch der Küchenmagd zurufen „Kümmere dich um die Kinder." Als sie schon auf der Straße stand. Auf einem offenen Wagen saßen schon Mathilde und Jutta, beide ebenfalls in ihren weißen Nachthemden und beide ebenfalls gefesselt. Johanna wurde nach oben geschoben und als sie fragen wollte was den los sein wurde ihr sofort befohlen zu schweigen.

Der Wagen setzte sich in Bewegung. Die Soldaten folgten zuerst zu Fuß und später dann auf Pferden. Immer noch im Nachthemd passierten die drei Frauen auf dem Wagen stehend, gefesselt das Stadttor und fuhren schweigend die Straße entlang, die zum nächstgrößeren Ort führte.

Den ganzen langen Weg machte sich Johanna Gedanken. „Was wollen die von mir? Von uns? Was wird aus meinen Kindern? Werde ich sie jemals wieder sehen?" Der Weg wurde immer länger und der Wagen konnte nicht so schnell fahren. Für die Strecke die Johanna sonst mit dem Pferd in einer Stunde geritten war brauchten sie auf dem Wagen drei Stunden.

Johanna sah die Angst in Juttas Augen und zu gern hätte sie die Frau beruhigt, aber sie durfte nicht sprechen und sie wusste auch nicht, was werden sollte oder was jetzt passieren würde. Einzig, dass die drei im Nachthemd durch die Gegend gefahren wurden machte auch ihr schon Angst. Das konnte nichts Gutes bedeuten.

Sie passierten das Stadttor der anderen Stadt und wurden von der dortigen Stadtwache übernommen. Sie mussten vom Wagen absteigen und zu Fuß weiter gehen. Der Wagen kehrte leer mit den Soldaten um. Es war fast Mittag und die drei Frauen gingen im Nachthemd, von zehn Soldaten mit Waffen begleitet, durch die Gassen der fremden Stadt.

Vor dem Rathaus bogen die Soldaten ab und marschierten mit ihren Gefangenen zu einem dunklen und schauerlich wirkenden Gebäude. Ein dunkles großes Tor wurde geöffnet und die drei Frauen wurden eine Treppe hinunter gestoßen. Ein langer dunkler Kellergang, von ein paar Fackeln an den Wänden nur spärlich beleuchtet, tat sich vor ihnen auf. Noch immer fiel kein Wort.

Einer der Soldaten zerschnitt die Fesseln und stieß die Frauen, eine nach der anderen, in einen dunklen Kellerraum ohne Licht. Hinter Johanna schloss sich die Tür und die drei Frauen saßen im Finsteren. Jetzt konnte Johanna auch Jutta in den Arm nehmen, die gerade angefangen hatte zu Weinen. Johanna versuchte die Frau zu trösten, doch sie hatte selber Angst davor, was nun hier mit ihnen passieren würde.

**10. Kapitel**

# Die Anklage

War es Tag oder war es Nacht? Johanna hatte jedes Zeitgefühl verloren. Wie lange saß sie schon in diesem Raum? Tage oder nur Stunden? Außer den drei Frauen waren noch weiter dazu gekommen, immer wieder öffnete sich die Tür und weitere Frauen wurden in den Raum gestoßen.

Immer wenn etwas Licht durch die Tür fiel sah sich Johanna um, der Raum war etwa zwanzig Meter lang und zehn Meter breit. Die Wände waren feucht und dunkel. Jetzt waren sie zwanzig Frauen hier in diesem Raum. Jutta hatte ihren Kopf in Johannas Schoß gelegt und war irgendwann vor Erschöpfung eingeschlafen. Von allen Ecken des Raumes hörte Johanna das Weinen der Frauen. In leisen Gesprächen versuchte sie heraus zu bekommen, warum sie alle hier in diesem Keller waren, doch keine von ihnen kannte die Antwort.

Die Ungewissheit war das schlimmste an dieser ganzen Situation. Keiner der Soldaten sagte auch nur ein Wort. Es roch modrig hier in diesem Raum und da es kein Fenster gab konnte der modrige Geruch auch nicht abziehen. Einige der Frauen hatten sich eine Ecke gesucht, um sich dort zu erleichtern und diese Ausdünstungen verstärkten nur den Geruch, oder sollte man sagen Gestank, der mit der Zeit so stark wurde, dass Johanna mit der Übelkeit zu kämpfen hatte.

Einigen Frauen ging es Offenbahr ähnlich, denn sie hörte, dass sich eine von ihnen in der Ecke übergeben musste. Alles war in völlige Finsternis gehüllt. War das schon Teil der Bestrafung? Und wen ja für was wurden sie hier bestraft. Was machten ihre Kinder in der fernen Stadt? War ihr Mann schon zurück? Würde er ihr helfen? Alle diese Gedanken sausten im Kreis durch ihren Kopf, bis ihr Schwindelich wurde und sie sich doch noch in der Ecke übergeben musste.

Sie lehnte sich an die Wand und die Nässe durchdrang ihr Nachthemd. Es war zwar Frühling aber hier in diesem Kellerloch war es immer noch bitterkalt. Irgendwann war auch Johanna vor Erschöpfung eingeschlafen. Sie wurde aus dem Schlaf gerissen, als ihr jemand an die Schulter fasste. Ein Soldat schrie sie an „Komm mit." Johanna taumelte schlaftrunken auf. Der Soldat zerrte sie in den Flur und fesselte ihre Hände wieder auf dem Rücken.

Mit einem Stoß in den Rücken zeigte er ihr, dass sie losgehen sollte. Kein Wort fiel, die Frau taumelte durch den Flur und danach eine Treppe hoch. Eine weitere Treppe folgte, dann trat sie in einem Raum mit großen Fenstern und da es draußen heller Tag war kniff sie geblendet die Augen zu. Sie stolperte und fiel in den Raum hinein. Der Soldat zerrte sie wieder auf die Beine und als sie die Augen wieder öffnete sah sie, dass sie vor einem Tisch mit mehreren Männern stand.

Ein älterer Mann mit grauen Haaren in der Mitte des Tisches begann von einem Blatt vorzulesen und Johanna hörte zu, als ob es sie gar nicht betreffen würde. Wie durch eine Nebelwand nahm sie alles wahr. Der Mann laß eine ganze Weile, ohne das Johanna auch nur ein Stück davon verstand, bis sie realisiert hatte, was er gerade gesagt hatte. Sie wurde der Hexerei und Zauberei verdächtigt. Als sie etwas antworten wollte schnitt der Mann ihr das Wort ab. Sie sollte nur zuhören und nichts dazu sagen, soweit hatte sie es nun verstanden.

Hexerei, diese Wort begann sich in ihrem Kopf zu drehen, bis ihr wieder Schwindelich wurde. Sie übergab sich direkt vor die Füße des Richters und der Soldat schlug ihr in den Rücken, so dass sie umfiel.

Der Richter schrie sie an, aber Johanna verstand kein Wort mehr. Zwei Soldaten schleiften sie aus dem Raum und stellten sie danach wieder auf die Füße. Als sie die Treppe hinunter gestoßen wurde kam ihr von unten Mathilde entgegen.

Im Keller wurden wieder die Fesseln gelöst und sie taumelte von selbst in den dunklen Raum hinein. Sie setzte sich hin und flüsterte das eine Wort, das immer noch in ihrem Kopf kreiste, und das einem Todesurteil gleich kam „Hexerei." Die Frauen rings um sie herum schrien auf und fingen an zu weinen. Offenbar war Johanna die erste gewesen, der sie die Anklage verlesen hatten.

Sie saß immer noch so da, mit dem in ihren Gedanken kreisenden Wort, als Mathilde in den Raum gestoßen wurde und über Johanna fiel. Die beiden Frauen lagen sich weinend in den Armen, während eine nach der anderen aus dem Raum geholt und kurze Zeit später wieder zurück gebracht wurde. Für alle gab es nur eine Anklage und alle erwartete dasselbe Schicksal, dem sie nun nicht mehr entrinnen konnten.

Auch Jutta wurde in den Raum zurück gebracht. Sie sagte kein Wort und setzte sich einfach in eine Ecke des Raumes. Kein Ton war von ihr zu hören, alles war still bei ihr. Als Johanna sich zu ihr hin tastete bemerkte sie den kalten Schweiß auf Juttas Stirn. Die junge Frau zitterte und konnte kein Wort sagen. Das Zittern in Juttas Körper wurde immer stärker und ging in ein schütteln ihres ganzen Körpers über. Mathilde kam mit zu den beiden Frauen und versuchte die junge Magd zu beruhigen, aber auch sie hatte keinen Erfolg. Mit einem Stöhnen hörte das Zittern auf und die junge Frau war Tod. Der Schock der Anklage und die Haft hatten sie getötet.

Johanna wich zurück. Noch immer hatte sie dieses Wort in ihrem Kopf und sie fragte sich ob es nicht eine Erlösung wäre, so wie Jutta, einfach hier und sofort zu sterben, doch dann dachte sie wieder an ihre drei kleinen Kinder zu Hause. Sie schleppte sich zu der Tür und schlug mit der Faust dagegen. Es dauerte eine ganze Weile, bis einer der Soldaten die Tür öffnete und sie anfuhr Ruhe zu geben.

Johanna zeigte nur auf Jutta und die Soldaten schleiften den toten Körper aus dem Keller heraus. Als die Tür wieder ins Schloss gefallen war sank Johanna neben der Tür zusammen. Was würde nun mit ihr geschehen? Warum sie hier war hatte sie nun begriffen. Wie würde es weiter gehen? Hexerei hatte der Richter gesagt. Sie hatte schon von vielen Hexenprozessen gehört, aber noch nie davon, dass jemand da lebend wieder rausgekommen war. Sie schlug ihren Hinterkopf gegen die Wand um dieses Wort aus dem Kopf zu bekommen, aber es klappte nicht. Sie saß weinend im finsteren Keller und konnte nichts machen, was ihre Lage verbessern würde.

**11. Kapitel**

# Falsche Beschuldigungen

Das Weinen in dem dunklen Raum war einem Wimmern gewichen, dass von allen Seiten auf Johanna einstürzte. War es Tag oder Nacht? Wie lange war sie hier? Die Dunkelheit war das schlimmste. Johanna dachte sich ob Jutta nicht doch den einzig richtigen Weg gewählt hatte um diesen Keller zu verlassen und sich dachte auch, dass viele der anderen Frauen sicher denselben Gedanken hatten.

Sie stemmte sich an der Wand hoch und ging, immer an der Wand entlang zur anderen Seite des Raumes. Je weiter sie von der Tür und dem Grauen dahinter weg war, desto besser war es für sie. Zumindest hatte sie das Gefühl, dass es so sein würde. Sie sackte zusammen, aber kaum saß sie wurde die Tür ihr gegenüber geöffnet und ein Lichtstrahl, der durch die Tür fiel, traf in ihre Augen.

Zwei Soldaten stürzten sich auf sie und zerrten sie aus dem Kellerraum hinaus. Diesmal wurden ihr die Hände nicht gefesselt. War das ein gutes oder schlechtes Zeichen? Sie konnte darauf keine Antwort finden. Die Soldaten schoben sie vorwärts und als sie an der Treppe nach oben gehen wollte schob sie einer der Beiden den Kellergang weiter. Am anderen Ende stand eine Tür offen und dahinter brannte ein Feuer. Das war vermutlich das Ziel ihres kurzen Ganges.

Als die Drei in den Raum getreten waren schlossen die Soldaten die Tür und drückten Johanna auf eine hölzerne Bank, auf der sie sich hinsetzen sollte. Am anderen Ende des Raumes, der in etwa genau so groß war wie ihr Gefängnisraum, saß der Richter und schrieb etwas in ein Buch. Er ließ die Frau eine ganze Zeit unbeachtet warten und schrieb einfach weiter.

Johanna sah sich in dem Raum um, es war Dunkel und nur ein großes Feuer in der Ecke zeichnete zuckende Schatten an die Wand. In einer der Ecken saßen ein paar Männer und hinter ihr standen die beiden Soldaten. An einer Wand stand eine lange Bank mit Seilen dran und einige Metallgegenstände standen in einer Ecke herum.

Der Richter klappte das Buch laut zu und Johanna fuhr herum. Er blickte sie ohne ein Wort durchdringend an, so als ob er die Wahrheit in ihrem Innersten lesen konnte. „Wartet er auf ein Wort von mir?" dachte sich Johanna, doch sie sagte nichts. Eine ganze Weile schauten sie sich Beide so in die Augen, bis der Richter seinen Blick senkte und wieder das Buch aufschlug. „Sie sind beschuldigt worden der Hexerei und Zauberei nachzugehen. Was sagen sie dazu?" fragte der Richter.

„Was soll sie darauf antworten?" dachte sich Johanna, nahm all ihren Mut zusammen und sagte „Ich habe nichts unrechtes getan. Ich gehe jeden Sonntag in die Kirche und meine Kinder sind getauft. Ich bin unschuldig, so wahr mir Gott helfe." Die Anrufung Gottes ließ den Richter zusammenzucken, das hatte noch niemand in der ersten Befragung gemacht. „Na schön. Wir werden sehen." sagte er. Mit einer Handbewegung holte er einen der Männer aus der Ecke zu sich.

Mit einer großen Schere wurden Johannas lange Haare abgeschnitten. In langen Strähnen fielen ihre Haare vor ihre Füße, bis die Haare so kurz wie die einer Nonne waren. Johanna schaute ohne ein Wort zu den Haaren hinunter. Rau wurde sie an den Schulter gepackt und herumgerissen.

Die Soldaten brachten Johanna zu der Bank in der Ecke und der Mann begann Johanna alle diese seltsamen Eisenwerkzeuge in der Ecke zu erklären. Genüsslich erklärte er wozu das jeweilige Gerät da war. Zum Finger brechen, zum Haut aufreißen, Johanna hörte schon lange nicht mehr zu, aber der Mann erzählte immer noch. Fast eine Stunde, Johanna kam es viel länger vor, zeigte er eine Zange nach der anderen.

Schließlich brachten die Soldaten Johanna wieder zu der Bank zurück und setzten sie wieder vor den Richter. „Nun?" fragte der und wartete. „Ich habe nichts unrechtes getan. Ich gehe jeden Sonntag in die Kirche und meine Kinder sind getauft. Ich bin unschuldig, so wahr mir Gott helfe." Antwortete Johanna erneut. Erzürnt sprang der Richter auf und schrie sie an „Na schön. Du hast es nicht anders gewollt."

Der Mann aus der Ecke kam nach vorn und riss Johanna das Nachthemd herunter. Sorgfältig und wortlos kontrollierte er ihren Körper, während sie ihre Arme vor Brust und Scham hielt. Genauso wortlos kontrollierte er Johannas Körperöffnungen und hing sie schließlich an den Armen auf. Ganz langsam zog er die Kette nach oben bis Johanna den Boden unter den Füßen verlor. Nach einer Weile ließ er die vor Schmerzen schreiende Frau wieder zu Boden.

Er schob sie zu der Bank und sie musste sich nackt darauf legen. Er band ihr Hände und Füße an vier Seile an, die er langsam straff zog. Johanna hörte das Knarren der Seile und sie spürte das Ziehen an Armen und Beinen. Die Seile waren so straff gespannt, dass sie über der Bank schwebte. Der Richter stand neben ihr und fragte immer wieder nur einen Satz „Gestehst du alle deine Untaten?"

Johanna schrie vor Schmerz auf, aber sie gestand nichts. Immer wieder sagte sie „Ich bin unschuldig so wahr mir Gott helfe." Auf einen Wink des Richters brachte einer der Männer eine Zange aus der Ecke und zeigte sie Johanna. Danach steckten sie die Zange in das Feuer in der Ecke. Als die Zange glühte hielten sie sie direkt vor Johanna und der Richter schrie sie an „Gestehe." Die Frau schüttelte den Kopf und einer der Männer drückte die Zange auf Johannas Bauch.

Sie roch verbranntes Fleisch und hörte das Zischen, als der glühende Stahl ihren Körper berührte. Der Schmerz ließ sie aufschreien, dann wurde sie ohnmächtig. Ein Eimer mit kaltem Wasser, das ihr einer der Männer ins Gesicht kippte, holte sie wieder zurück, nur um kurz darauf erneut das Bewusstsein zu verlieren, als die Zange sich wieder in ihren Körper bohrte.

Immer wenn sie zu Bewusstsein kam schrie sie als erstes „Ich bin unschuldig so wahr mir Gott helfe." Und immer wieder verlor sie vor Schmerzen das Bewusstsein. Nach einer für sie unendlichen Zeit ließen die Männer von ihr ab. Sie zogen ihr das Nachthemd wieder an und trugen sie an Armen und Beinen in den Gefängnisraum zurück, wo sie sie einfach wie einen Sack in die Ecke warfen und die nächste Frau zur Befragung abholten.

Als sie alle Frauen befragt hatten holten sie Johanna erneut. Da sie nicht mehr laufen konnte trugen sie die Frau zum Richter und legten sie auch gleich auf die Bank. Der Richter fuhr sie an „Du bist die einzige die noch nicht gestanden hat. Wir können die Befragung auch immer so weiter fortsetzen, bis auch du deine Schuld zugegeben hast."

Unter Schmerzen drehte Johanna ihren Kopf zum Richter zu und flüsterte mehr als das sie es sagte „Ich bin unschuldig so wahr mir Gott helfe. Er wird mir die Kraft geben, dies hier bis ans Ende meiner Kräfte zu beteuern. Amen." Dann verlor sie erneut das Bewusstsein.

## 12. Kapitel

# Vor Gericht

Johanna lag zusammengekrümmt in der Finsternis. Alles tat ihr weh. Immer wieder verlor sie das Bewusstsein und immer wieder kam sie kurz zurück in die Gegenwart des dunklen Raumes. Der Richter hatte gesagt, dass alle anderen gestanden hatten. Das bedeutete ja, dass Mathilde etwas gestanden hatte, was sie nie gemacht hatte. Vermutlich war sie nicht so stark gewesen und hatte der Folter nicht standhalten können.

Als sie endlich wieder richtig bei Bewusstsein war versuchte sie sich hinzusetzen. Sie lehnte sich an die Wand des Kellers und als sie ihren Bauch mit der Hand streifte durchzuckte sie ein fürchterlicher Schmerz. Johanna schrie auf. Der ganze Bauch brannte wie Feuer, so als ob die glühende Zange immer noch auf ihrem Bauch ruhte.

Das leinene Nachthemd hatte sich mit den Wunden verklebt und bei jeder Bewegung riss es ab und verursachte starke Schmerzen. „Mathilde" flüsterte Johanna und hoffte, dass die Frau ihr antworten konnte. Neben sich hörte sie ein Schluchzen und ein „Ja." Ganz leise und kaum hörbar. „Warum hast du gestanden?" fragte Johanna und ihre Freundin antwortet schluchzend „Weil ich es nicht mehr ausgehalten habe." Die Stimme der sonst so starken Frau klag leise und gebrochen.

Johanna nickte, ohne, dass es jemand in der Finsternis sehen konnte. „Was wird nun werden?" fragte sie in den dunklen Raum und mehr zu sich selbst, aber sie erhielt keine Antwort. Nur ein Wimmern war zu hören, ganz nahe bei ihr. Sie war so schwach, dass sie nichts mehr sagen oder machen konnte und schlief, trotz Schmerzen im Bauch, vor Erschöpfung im Sitzen ein.

Sie erwachte, als sich die Türe mit einem Knarren öffnete. Etwa zwanzig Soldaten kamen in den Raum und ein jeder holte eine der Frauen aus dem Raum heraus. Im Kellergang wurden ihnen wieder die Hände gefesselt, was bei manchen Frauen nur noch schlecht möglich war. Bei einigen waren die Arme gebrochen oder die Hände zerquetscht. Johanna sah dies alles wie durch einen Schleier. Als sie sich zu Mathilde umdrehen wollte knickte sie ein und fiel in den Flur.

Der Soldat hinter ihr zog sie wieder auf die Beine. Sie sah ihre Freundin neben sich stehen. Auch Mathilde war schlimm zugerichtet und hatte ebenfalls ihre Mühe auf den Beinen zu bleiben. Vorn setzte sich der Zug der Frauen in Bewegung. Die ersten stiegen die Treppe ganz langsam nach oben. Auch Johanna schleppte sich die Stufen hinauf. Bei jedem Schritt riss das Nachthemd von den Brandwunden und verursachte fast unerträgliche Schmerzen.

Die Frauen wurden in den Raum geführt, in dem die erste Befragung damals, Johanna wusste nicht wie lange das schon her war, stattgefunden hatte. Vor den Fenstern sah sie die helle Sonne und die bunten Menschen der Stadt hin und her gehen. Wie aus einer anderen Welt kam ihr dies vor.

Und für die 19 Frauen war es eine andere Welt, draußen war es eine Welt der Freiheit und sie hatten hier auf dieser Seite eine Welt des Schmerzes. Die Frauen durften sich auf eine lange Holzbank setzen, stehen wäre bei den meisten sowieso nicht mehr lange möglich gewesen. Der Richter begann die Anklagen noch einmal vorzulesen. Diesmal passte Johanna auf, damit sie nichts von der Anklage verpassen würde. Jetzt wollte sie wissen warum sie wirklich hier war.

Der Richter begann mit den anderen Frauen, zu jeder Verlass er die Anklage und erklärte auch, dass sie alle Taten gestanden hatten. Die jeweilige Frau stand dabei auf und mit einem resignierenden Nicken nahmen sie das Urteil entgegen. Für jede lautete es, wie nicht anders zu erwarteten, Tod auf dem Scheiterhaufen. Neben Johanna stand ihre Freundin auf und auch zu ihr verlaß der Richter die Anklage und das Urteil.

Nun stand Johanna auf. Der Richter laß alle Anklagepunkte vor. Er erklärte, dass bei der Pest niemand aus ihrer Familie betroffen gewesen war, das es nur ein Werk des Teufels sein konnte. Dass sie eine schwarze Katze hatte und das sie mit Kräutern handeln würde, die sie für magische Rituale benutzte. Er konnte aber kein Geständnis der Frau vorweisen, darum fragte er sie erneut „Sind das deine Taten? Gestehst du, das du Hexerei betrieben hast?"

Johanna nahm all ihren Mut zusammen. Mit einer kräftigen Stimme, von der sie selbst nicht wusste woher diese aus ihren geschundenen Körper kam, antwortete sie. „Bei der Pest hat uns nur Gott geholfen. Die schwarze Katze ist eine Katze und kein Kater. Wir beten sie nicht an und die Kräuter, die ich verkaufe hat schon Hildegard von Bingen in ihrem Buch beschrieben und diese war eine gottesfürchtige Frau und Nonne. Ich bin in allen Punkten unschuldig." Dabei machte sie einen Schritt nach vorn, legte ihre Hand auf eine Bibel, die auf dem Tisch vor ihr lag und sagte „So wahr mir Gott helfe schwöre ich beim Leben meiner Kinder auf dieses Buch, dass ich unschuldig bin."

Augenblicklich war Ruhe im Gerichtssaal. Kein Geräusch war zu hören. Johanna schaute dem Richter fest in die Augen. Er saß keine drei Meter vor ihr und schon nach kurzer Zeit senkte er wieder seinen Blick. Dieser starken Frau war er einfach nicht gewachsen. Aber er musste ein Urteil fällen. Alle Frauen wurden wieder in den Keller gebracht und das Gericht zog sich zur Beratung des letzten Urteils zurück.

Johanna wurde diesmal in einen anderen Raum gebracht und nicht mit den anderen Frauen zusammen eingesperrt. Dieser, etwas kleinere Raum, hatte den Luxus, dass ein Talglicht darin brannte und so etwas Licht zu sehen war. Vorsichtig löste Johanna das Nachthemd von den Wunden und zog das Hemd hoch um ihren Bauch zu betrachten. Er war übersät mit kleinen etwa Talergroßen kreisrunden Wunden. Auf einigen hatte sich schon Schorf gebildet, aber die meisten waren noch offen, oder durch das Nachthemd wieder aufgerissen worden. Sie ließ das Hemd vorsichtig über ihren Bauch gleiten und lehnte sich an die Wand. Warten, das war das einzige, was sie nun nur noch machen konnte. Oder Beten!

Johanna faltete die Hände und schickte ein Gebet ab, in dem sie um Hilfe für sich und ihre Kinder bat. Würde es gehört werden? Das Talglicht flackerte und verlosch.

## 13. Kapitel

# Rettung in letzter Sekunde

Sie saß mit dem Rücken an der Wand und hatte die Beine angezogen. Das war die einzige Position in der sie die Schmerzen aushalten konnte. "Hier unten verliert man jedes Zeitgefühl." dachte sich Johanna. Wie lange war das Licht nun schon wieder aus? Sie konnte es nicht sagen. In diesem kleinen Raum war sie ganz alleine. Vor der Tür hörte sie ab und zu Schritte, aber niemand öffnete die Tür. Das Warten zerrte an den Nerven und irgendwann führte die Erschöpfung dazu, dass sie einschlief.

Sie träumte von einer grünen, saftigen Wiese und sie sah ihre Kinder auf sich zulaufen. Bevor sie die Kinder aber in den Arm nehmen konnte weckte sie jemand auf. Einer der Soldaten rüttelte sie vorsichtig an der Schulter und half ihr auf. "Das ist schon mal ein gutes Zeichen." dachte sich Johanna. Auf den Soldaten gestützt stieg sie langsam die Treppe hinauf.

Hinter ihr wurde die Tür des Saales geschlossen und sie durfte sich alleine in den Raum setzten. Nur sie und der Soldat, der hinter ihr stand, waren in dem Raum. Vor den Fenstern begann die Dämmerung. War es morgens oder Abend? Sie wusste es nicht und musste weiter warten. Es wurde immer heller, also war es früh am Morgen.

Die Saaltür wurde hinter ihr geöffnet, die Richter gingen an ihr vorbei und setzten sich wieder an den Tisch. Der Vorsitzende laß in seinen Unterlagen und schaute dann zu Johanna auf. "Schwören sie, dass sie unschuldig sind?" fragte er. "Er hat Sie gesagt." dachte sich Johanna "Ich schwöre bei allem was mir etwas bedeutet, dass ich unschuldig bin." antwortete sie schnell. Der Richter ließ ihr eine Bibel bringen und Johanna legte ihre Hand darauf "Ich schwöre es." sagte sie.

Der Richter erhob sich und verlaß die Unterlagen. Er beendete seine Ansprache mit den Worten "Ich spreche Johanna von allen gegen sie erhobenen Anklagepunkten frei. Sie ist unschuldig und sofort frei zu lassen." Johanna sackte auf der Bank zusammen. Es war vorbei. Sie war frei. Die Richter verließen den Raum und auch der Soldat ging. Sie saß in dem Raum und die Tür war offen, sie konnte gehen. Sie zog sich an der Lehne der Bank nach oben.

Als sie sich dem Ausgang zuwendete sah sie ihren Mann vor der Tür stehen. Siegfried lief auf seine Frau zu und Johanna fiel in seine Arme. Er hob sie auf, trug sie die Treppe hinunter und aus dem Haus. Auf der anderen Seite des Platzes, gegenüber dem Gerichtsgebäude, war eine Schänke und in diese trug er seine Frau. Er brachte sie in ein Zimmer und legte sie auf das Bett. "Ich bin erst gestern Abend zurück gekommen. Die Magd hat mich informiert und mit einem sehr großen Beutel Taler konnte ich den Richtern bei der Wahrheitsfindung helfen." sagte Siegfried.

„Also bin ich eine Woche da drüben im Keller gewesen." sagte Johanna. Sie fiel ihrem Mann um den Hals und schrie auf. Die Schmerzen waren zu groß gewesen. Der Mann schob das Nachthemd hoch und erschrak über die Wunden auf ihrem Bauch. Er rief nach einem der Boten, die vor der Tür warteten und schickte ihn zu einem Bader. Wenig später traf der Bader ein. Er säuberte und verband die tiefen Wunden. Endlich konnte sie in einem richtigen Bett schlafen. Sie schloss die Augen und fiel in einen tiefen Schlaf.

Johanna schlug die Augen wieder auf und sah ihren Mann vor dem Bett sitzen. Er stand auf und kam zu ihr herüber. "Guten Morgen, du hast zwei Tage durchgeschlafen." sagte er und gab ihr einen Kuss. Er löste den Verband, säuberte die Wunden, so wie es der Bader ihm gezeigt hatte, und legte einen neuen Verband auf Johannas Bauch. Dann half er ihr beim anziehen, ein neues Kleid hatte er für sie besorgt. Es war etwas weiter als normal, aber dafür rieb es nicht an ihrem Bauch.

Zusammen gingen sie in die Schänke hinunter und Johanna stellte fest, dass sie fast eine Woche schon nichts mehr gegessen hatte. Es war sogar mehr als eine Woche gewesen und sie leerte Schüssel um Schüssel. Bis sie endlich satt war. "Wie geht es meinen Kindern?" fragte sie nun endlich und schämte sich dafür, dass sie erst jetzt, nachdem sie satt war, danach fragte. "Ihnen geht es gut. Die Mägde passen auf sie auf. Maria vermisst dich so sehr." antwortete der Mann.

"Wann können wir wieder nach Hause gehen?" fragte Johanna, sie wollte so schnell wie möglich zu ihrer Familie zurück. "Wir sollten noch ein oder zwei Tage warten bis sich deine Wunden richtig geschlossen haben." antwortete er und sie nickte dazu. Das war sicher die beste Entscheidung. Im Moment tat ihr noch jeder Schritt und jede unbedachte Bewegung weh. Er half ihr beim Aufstehen und sah in ihrem schmerzerfüllten Gesicht, wie groß die Schmerzen wirklich waren. Er war stolz auf seinen tapfere Frau, die diese Tortur über sich hat ergehen lassen ohne etwas zu gestehen, was sie nie gemacht hatte.

Hätte es ein Geständnis von Johanna gegeben, so hätte er sie nicht retten können. Er hatte es bei Mathilde versucht, aber die Richter waren hart geblieben. Jutta war bereits seit fast einer Woche beerdigt, auf ungeweihtem Boden, da waren die Richter hart geblieben. Auch wenn Juttas Unschuld oder Schuld nie bewiesen worden war. Siegfried war froh, dass er seine Frau aus dem dunklen Keller befreien konnte. Langsam stiegen sie die Treppe zu ihrem Zimmer nach oben. Der Mann stützte Johanna und sie hielt sich den Bauch.

Im Zimmer angekommen setzte sie sich auf das Bett und zog die Beine an ihren Körper heran. So zusammen gekrümmt waren die Schmerzen praktisch nicht da, und wenn sie sich nicht bewegen musste ging es. Bei jeder kleinen Bewegung zuckte sie zusammen, selbst wenn sie nur einen Arm hob. Eine Woche war sie da drüben gewesen, vom Bett aus konnte sie den Eingang des Hauses sehen, durch den sie in den dunklen Keller gebracht worden war.

Das große Tor stand offen und darüber, die Reihe von Fenstern, da war der Gerichtssaal, in dem sie das Urteil erhalten hatte. Siegfried hatte eine Abschrift erhalten und gab sie ihr zum Lesen auf dem Bett.

## 14. Kapitel

# Ein schlimmes Urteil

Johanna hörte ein Rumpeln vor dem Fenster und schaute von dem Papier auf. "Was ist da los?" fragte sie ihren Mann, der am Fenster stand und auf den Platz hinunter schaute. Siegfried sagte nichts und so stemmte sich Johanna vom Bett hoch und ging zu ihm an das Fenster. Der Anblick verschlug ihr den Atem.

Direkt unter ihrem Fenster fuhr eine Kolonne von Ochsenkarren, mit Reißig beladen, durch den kleinen Ort. Sie sah ihren Mann von der Seite an und er bejahte ihre stumme Frage mit einem Nicken. Die Wagen fuhren zu einer kleinen Anhöhe, die sie ebenfalls sehen konnte, und die außerhalb der Stadt lag.

Sie fragte nur ein Wort „Wann?" und Siegfried begann zu erzählen „Morgen früh und nach dem Urteil musst du dabei zusehen um deine Unschuld endgültig zu beweisen. Erst wenn du bis zum Schluss zugesehen hast bist du wirklich frei." Johanna schlug die Hände vor ihr Gesicht und schluchzte. Dann ging sie zum Bett zurück und laß das Urteil bis zum Schluss durch. Ja, das stand genau so ganz unten drunter. Direkt über der Unterschrift des Richters.

„Ich bin also mit dabei." Dachte sie sich „Ich muss zusehen, wie die Frauen, mit denen ich im Keller war, morgen sterben werden." sagte sie zu ihrem Mann. Siegfried nickte und antwortete ihr „Ich bin bei dir und werde dich stützen und behüten.". In diesem Moment fiel Johanna ein, dass auch Mathilde, die für sie ja wie eine Mutter war, mit bei den 18 Frauen war, die jetzt noch da drüben im Keller untergebracht waren und morgen sterben würden.

Bei diesem Gedanken überwältigten sie ihre Gefühle und sie begann zu weinen. Siegfried setzte sich zu ihr und nahm sie in den Arm. Alles trösten führte zu keinem Erfolg. Dieses Urteil war wirklich furchtbar. Ging sie dort hin musste sie zusehen wie ihre Freundin starb, ging sie nicht hin, dann wurde dies als Schuldeingeständnis gewertet und sie würde den Frauen auf den Scheiterhaufen folgen.

„Wer macht solche Urteile?" fragte Johanna ihren Mann, aber sie wusste selbst die Antwort. Dieselben Menschen, die ihr den Bauch verbrannt hatten, nur um ein Geständnis aus ihr heraus zu pressen. Sie legte sich zurück und versuchte zu schlafen, aber die Wunden taten durch das Weinen wieder weh. Einige der Narben waren aufgeplatzt und Siegfried sah das Blut an einer Seite durch das Kleid sickern.

Er half seiner Frau aus dem Kleid, ganz vorsichtig und um nicht noch mehr Schmerzen zu verursachen, danach wechselte er den Verband. Johanna stöhnte auf, biss aber die Zähne zusammen, um nicht zu schreien. Die Schmerzen waren fast nicht zum Aushalten.

Vor dem Fenster hörte sie wieder das Poltern der Wagen. Den ganzen Tag hindurch fuhren sie, einmal voll mit Reißig zur Anhöhe hin und danach leer wieder zurück. Das alles direkt unter ihrem Fenster. Wäre es da nicht besser gewesen ein Zimmer zu einer anderen Seite hinaus zu nehmen? Da hätte sie zwar das rumpeln gehört, aber nicht gewusst, und auch nicht gesehen, was da auf der Straße passierte.

Johanna versuchte zu schlafen, immer wenn sie sich ausstreckte durchzuckte sie der Schmerz. Sie zog die Beine an den Körper und krümmte sich zusammen, so wie sie im Keller gesessen hatte, nur dass sie jetzt auf der Seite lag, in einem weichen Bett und nicht auf der kalten Erde in einer feuchten und stinkenden Kammer. Bei dem

Gedanken wurde ihr wieder schlecht und sie musste sich übergeben. Vielleicht hatte sie auch zu viel oder zu schnell gegessen. Sie wusste es nicht.

Eine Magd kam in das Zimmer und säuberte den Raum, Johanna wischte sich das Gesicht mit einem feuchten Tuch ab. „Wenn ich mir was kaltes auf den Bauch lege, vielleicht wird es dann besser?" fragte sie mehr sich selbst als ihren Mann. Siegfried holte ein Tuch, dass er feucht machte und auf Johannas Verband legte. Die Kühle war angenehm und ließ sie schnell einschlafen.

Von Zeit zu Zeit, immer wenn das Tuch trocken geworden war, wachte Johanna durch die Schmerzen wieder auf. Sie reichte dann das Tuch an ihren Mann, der es schnell wieder feucht auf ihren Bauch zurück legte. So konnte sie die Nacht wenigstens halbwegs ruhig schlafen. Als die Morgendämmerung einsetzte richtete sie sich im Bett auf und sah auf die aufgehende Sonne vor dem Fenster.

„Ich möchte in die Kirche gehen und für meine Errettung danken." sagte sie zu ihrem Mann „Und für die Seelen meiner Mitgefangenen beten." dachte sie sich noch dazu. Siegfried half ihr in das Kleid und führte sie die Treppe hinab, über den Platz, zu der kleinen Kirche, die neben dem Rathaus stand.

Zu dieser Zeit war noch niemand in der Kirche. Die Beiden setzten sich in die vorderste Reihe, direkt vor den Altar und Johanna begann still für sich zu beten. Nach einer ganzen Weile bemerkten sie, dass noch andere Menschen in die Kirche kamen. Johanna erkannte den Richter, der sich mit seiner Frau und drei kleinen Töchtern zwei Reihen hinter sie setzte.

Mit einem Stöhnen erhob sich Johanna und hielt sich den Bauch vor Schmerzen. Nun hatte auch der Richter sie erkannt. Er stand auf und kam auf sie zu. Er stellte sich vor Johanna hin und bat sie für die Befragung um Verzeihung. Hier im Angesicht Gottes und am Altar nickte Johanna und gab ihm die Hand. Nicht er war der Schuldige, sondern derjenige oder diejenige die Johanna aus Habgier oder Rache hatte aus dem Weg räumen wollen.

Der Richter durfte ihr nicht sagen, wer es gewesen war, der die Beschuldigungen erhoben hatte, aber er sagte, dass diejenige ein Drittel von Johannas Besitz erhalten hätte. Der Richter hatte wirklich „Diejenige" gesagt und daher wusste Johanna nun wenigstens, dass es eine Frau gewesen war. Nur wer? Das würde sie vermutlich nie erfahren.

Auf ihren Mann gestützt verließ sie die Kirche, um in der Schänke noch zu Frühstücken, bevor sie den Richter dann später in einer grausigeren Umgebung wieder sehen würde. Diesmal aß sie langsam und auch nur ganz wenig. Nur etwas Suppe und trockenes Brot. Vielleicht war es dasselbe Mahl, das die Frauen auf der anderen Seite des Platzes gerade ebenfalls erhielten. Johanna schaute durch das Fenster auf das dunkle Tor, hinter dem auch Mathilde wartete.

## 15. Kapitel
# Das grausige Schauspiel

Nach dem Frühstück verließ Johanna, auf ihren Mann gestützt, die Schänke. Als sie auf den Vorplatz trat sah sie, das auf der gegenüberliegenden Seite die Richter aus dem Gerichtsgebäude traten und die Straße entlang gingen. Siegfried und Johanna folgten ihnen langsam. Immer wieder musste Johanna anhalten und sich ausruhen. Der Weg, den sie sonst bestimmt in zehn Minuten hätten gehen können zog sich dadurch auf fast eine Stunde hin.

Die große Freifläche war vorn abgesperrt und hinter der Absperrung sah Johanna 18 nebeneinander stehende Reißighaufen aus denen Pfähle nach oben herausragten. Für jede Frau, die verurteilt worden war, gab es einen Haufen und beinahe hätte es einen mehr gegeben. Nur durch ihre Standhaftigkeit war sie jetzt auf dieser Seite der Absperrung und nicht auf der anderen.

Einer der Soldaten nahm sie in Empfang und brachte die Beiden an die Seite, wo eine erhöhte Plattform mit Stühlen stand und auf der schon die Richter saßen. Nur ein Platz, ganz nah an der Absperrung, war noch frei. Dieser Platz war für Johanna bestimmt. So saß sie dann keine zehn Meter von dem ersten Haufen entfernt.

Unter Schmerzen setzte sie sich auf den Stuhl und Siegfried stellte sich hinter sie. Er legte ihr zur Beruhigung die Hand auf die Schulter, so konnte er auch deutlich das Zittern seiner Frau spüren. Nach außen hin gab sie sich gefasst, aber in ihrem Inneren tobte ein Kampf zwischen sitzen bleiben und weglaufen.

Johanna überlegte noch einmal, was der Richter in der Kirche gesagt hatte und was in der Anklage stand. Das von der schwarzen Katze konnte ja nur jemand wissen, der in ihren Garten schauen konnte. Die Katze war ja nur im Lager, wo keiner hin kam, oder bei ihr im Garten. Also war es vermutlich eine Nachbarin, die in den Garten blicken konnte. Da kamen nicht so viele in Frage und Johanna würde da ab jetzt ganz besonders vorsichtig sein.

Der Platz zwischen Tribüne und Absperrung füllte sich immer mehr mit Menschen. Die gesamte Bevölkerung der Stad war verpflichtet worden hier dabei zu sein. Wer sich weigerte, der machte sich verdächtig und der stand dann als nächstes dort vorn. An der Absperrung postierten sich Soldaten und hielten die Menschen zurück. Nur die Richter und Johanna hatten Sitzplätze, die anderen, darunter auch sehr viele Kinder, hatten Stehplätze. Die Soldaten ordneten alles so, dass ein jeder alles sehen konnte und musste.

Als die Glocke in der Kirche mittags zwölf Mal schlug sah Johanna die Frauen unter Bewachung der Soldaten die Gasse entlang kommen. Sie gingen nicht, die meisten schleppten sich nur noch vorwärts. Die lange Zeit im Keller und die Folter hatten deutlich ihre Spuren hinterlassen. Mathilde kam als letzte und wurde zu dem Haufen gebracht, der direkt vor Johannas Sitzplatz war.

Mathildes Blick war vollkommen leer und sie zeigte keinerlei Regungen, auch als sie in Johannas Richtung schaute. Die Soldaten brachten die Frauen eine nach der anderen mit Leitern auf die Haufen hinauf und banden sie mit Ketten an den Pfählen fest. Kein Wort oder laut fiel, alles verlief unter vollkommenen Schweigen aller vor und hinter der Absperrung. Die Frauen auf den Haufen waren vollkommen apathisch und die anwesende Bevölkerung traute sich nicht, aus Angst vor Bestrafung, irgendetwas zu sagen.

Der Richter erhob sich und verlaß noch einmal für alle Anwesenden die einzelnen Urteile. Als er mit dem letzten Urteil fertig war fragte er die Frauen ob eine von ihnen ihr Tun bereuen würde. Er versprach ihnen dafür ein schnelles Ende. Wer jedoch keine Reue zeigen würde, der müsse lebendig verbrennen.

Nach einer kurzen Schweigepause meldeten sich drei Frauen. Der Pfarrer kletterte zu jeder hinauf, erteilte ihr dann den Segen und anschließend legte der Henker ihnen ein Seil um den Hals und zog es zu, um sie schnell zu töten.

Auf ein Zeichen des Richters ging der Henker mit einer Fackel von Haufen zu Haufen und setzte diese in Brand. Neben Johanna blieb er stehen, so dass er jetzt genau zwischen ihr und Mathilde stand. Die Flammen begannen an den Haufen langsam nach oben zu züngeln. Dichter weißer Qualm stieg auf und hüllte die Frauen ein. Die Hitze und der Qualm rissen sie aus ihrer Apathie und einige fingen an zu schreien oder zu Wimmern. Immer stärker schlugen die Flammen nach oben und bald war nur noch das prasseln des Feuers zu hören.

Jetzt saß Johanna vollkommen apathisch auf ihrem Sitz, das Feuer erinnerte sie an das Geräusch damals in dem Dorf. Keine Regung kam über ihr Gesicht, keine Träne für die Freundin, nur tiefe Trauer war in ihr. Einer nach dem anderen fielen die Haufen in sich zusammen und die Feuer erloschen, nur qualmende Reste und die angekohlten Pfähle waren noch zu sehen. Das ganze hatte keine Stunde gedauert und der Richter entließ die Bevölkerung wieder in die Stadt. Die Soldaten gaben den Weg frei. Als letzte waren nur noch Johanna, auf ihrem Sitzplatz, und ihr Mann, der immer noch hinter ihr stand, anwesend.

Siegfried half ihr aufzustehen, kein Schmerz war zu spüren. Das Schauspiel, das sie mit ansehen musste, hatte alle Schmerzen vorübergehend ausgeschaltet. Sie ging an den kleinen Haufen langsam vorbei und bog dann in die Gasse ein, die sie wieder zurück zur Schänke bringen sollte. Vor der Schänke trat der Richter an sie heran und sagte ihr noch einmal, dass sie nun von allen Anschuldigungen freigesprochen war. Sie nahm dies alles ohne eine Regung zu Kenntnis und ging langsam in die Schänke hinein.

Als sich Johanna wieder auf ihr Bett setzte waren die Schmerzen wieder da, sie zuckte zusammen und legte sich wieder hin. Erst jetzt dachte sie daran was sie gerade gesehen hatte. Aus Wut, Verzweiflung und Schmerz wurden Tränen, die ihr nur so über die Wangen liefen. Auch ihr Mann konnte sie nicht beruhigen, jetzt musste erst mal alles aus ihr raus.

Mehrere Stunden später, draußen setzte gerade die Abenddämmerung ein, konnte sie wieder einen klaren Gedanken fassen. „Fahren wir morgen zu unseren Kindern?" fragte sie leise, Siegfried nickte und ging den Wagen zu bestellen, da sie nicht reiten konnte. Wenig später kam er zurück und fragte sie „Möchtest du etwas essen?" doch sie schüttelte nur den Kopf und ließ sich unter Schmerzen wieder in das Bett zurück fallen.

# 16. Kapitel

## Wieder vereint

Auch an diesem Morgen war Johanna zuerst in der Kirche, bevor sie sich zum Frühstück in die Schänke setzte. Diesmal war sie aber mit Siegfried die ganze Zeit alleine in der Kirche gewesen. Es war ein ganz normaler Wochentag und die meisten Leute hatten zu tun.

Nach dem Essen brachte Siegfried seine Frau zu einem Pferdewagen, der in einer Seitengasse auf die Beiden wartete. Ein Kutscher saß bereits darauf und zwei braune Pferde scharrten mit den Hufen. Siegfried half seiner Frau aufzusteigen und ging dann sein Pferd aus dem Stall der Schänke holen.

Johanna versuchte sich irgendwie in den Wagen zu setzten aber vor lauter Schmerzen ging das nicht auf dem Sitz, sie setzte sich darum auf den Boden des Wagens und zog die Knie ganz dicht an ihren Oberkörper, so saß sie zwar etwas tiefer, aber die Schmerzen waren kaum zu spüren.

Langsam setzte sich der Wagen in Bewegung. Siegfried ritt besonders langsam voraus, damit auch der Wagen langsam fuhr. Sie passierten das Stadttor und dahinter wurde der Weg schlechter. Das rütteln im Wagen war gerade noch so zu ertragen, aber Johanna stöhnte bei jeder Bodenwelle laut auf.

Für das Stück zurück zur Stadt brauchten sie wieder genauso lange, wie Johanna mit den anderen beiden Frauen hinzu gebraucht hatte. Sie hatte sich in eine Ecke des Wagens geklemmt und versuchte sich so wenig wie möglich zu bewegen. Die Hände hielt sie um die Knie und diese presste sie an ihren Oberkörper.

„Kann das nicht langsam zu Ende sein?" dachte sie sich, aber rings um den Wagen sah sie immer noch nur Bäume. Endlich sah sie das Stadttor wieder und atmete auf. Gleich war sie wieder da und die Straße war innerhalb der Stadt auch besser.

Am Markt vorbei fuhren sie direkt bis zum Eingang ihres Hauses. Johanna stieg, auf ihren Mann gestützt, vom Wagen und ging zur Haustür. Die Magd öffnete ihr und hatte ihre Tochter auf dem Arm. Maria und Karl standen hinter ihr und stürmten auf die Mutter zu. Alle drei umarmten sich.

Siegfried bezahlte den Kutscher und dieser fuhr wieder zurück, dann brachte der Mann sein Pferd in den Stall und trat zu Frau und Kindern. Zusammen gingen sie in das Haus hinein und verschlossen die Haustür. Johanna wollte Maria gern hoch nehmen aber sie konnte sich vor Schmerzen nicht hinunter bücken, also setzte sie sich in den Stuhl, in dem ihr Onkel immer gesessen hatte und nahm ihre Tochter auf den Schoß.

So war der Schmerz einigermaßen auszuhalten. Nachdem sie lange mit den Kindern gespielt hatte brachte sie Siegfried auf das Zimmer hinauf. Er setzte sie auf das Bett und zog ihr das Kleid aus. An der Seite des Verbandes war wieder etwas Blut, so dass er ihn wechselte. Johanna legte ein paar Kräuter für die schnellere Heilung auf und als Siegfried den Verband fest zog biss sie sich auf die Zähne. Hier im Haus wollte sie weder stöhnen noch schreien, damit die Kinder nicht beunruhigt würden.

Wie sollte sie das auch ihren Kindern erklären, dass sie sie vor lauter Schmerzen nicht hochnehmen oder drücken konnte. Maria war gerade mal vier Jahre und konnte so etwas sicher noch nicht begreifen. Um ehrlich zu sein konnte selbst Johanna es auch nicht begreifen.

Johanna rollte sich auf dem Bett zusammen und schlief den Rest des Tages. Am nächsten Morgen begann wieder die ganz normale Arbeit. So war sie wenigstens abgelenkt und musste nicht immer über ihre Schmerzen nachdenken oder überlegen, warum sie dort im Keller gewesen war. Sie stand in ihrer Kräuterecke und überlegte lieber was sie anders machen konnte oder wie sie diese entsprechend umgestalten konnte.

Sie schleppte sich die Treppe hinauf und holte aus der Hauseigenen Bibliothek das Buch der Hildegard von Bingen, in dem sie schon oft gelesen hatte, und das Urteil des Richters mit ihrem Freispruch. Beides brachte sie nach unten und legte es an den Platz, an dem sie ihre Kundinnen betreute. Das Buch schlug sie so auf, dass jeder zuerst das Bild der Nonne in dem Buch sehen konnte. Wenn dann jemand etwas zu einer Pflanze wissen wollte konnte Johanna nachschlagen und vorlesen.

Da die meisten ihrer Kundinnen sowieso nicht lesen konnten würde sie ab und zu einfach ein Stück ihres eigenen Wissens dazusetzen und dann so tun, als ob es in dem Buch stehen würde. Niemand würde bezweifeln, dass eine Nonne ein Gottgefälliges Werk geschrieben hatte und wenn Johanna nur vorlas, so konnte sie dafür niemand anklagen.

Das Urteil, mit dem runden, roten Siegel daran, hing sie neben den Platz, alle die lesen konnten wussten nun Bescheid und allen anderen konnte sie es vorlesen. Da stand, gesiegelt und beglaubig, dass sie unschuldig war und nichts unrechtes getan hatte.

Nur langsam schlossen sich die Brandwunden und erst nach mehr als einem viertel Jahr hatte sie keine Schmerzen mehr, wenn sie sich bewegte. Die Narben auf ihrem Bauch würden aber für immer ein Zeichen bleiben für das, was sie dort im Keller erlebt und überlebt hatte.

Von Zeit zu Zeit dachte sie an Mathilde, die ihr so viel beigebracht hatte und die dort im Feuer vor ihren Augen gestorben war. Sonntags in der Kirche betete sie manchmal heimlich für Mathildes Seele. Das Leben ging wieder in den normalen Bahnen, aber immer war da bei ihr dieses Misstrauen im Hinterkopf, dass eine ihrer Nachbarinnen schuld daran war, dass sie diese Narben hatte und Mathilde sowie Jutta gestorben waren.

Wer konnte es gewesen sein? Immer im Gottesdienst wanderten ihre Augen von einer zur anderen. Sie versuchte zu ergründen wer es gewesen war. Wer würde ihrem Blick nicht standhalten und die Schuld eingestehen?

Nach einem halben Jahr beendete sie diese Überlegungen, die ja zu nichts führen würden. Diese düsteren Gedanken zerstörten nur ihr Leben, das sie mit ihren Kindern im Garten des Hauses genießen wollte. Und das, ohne sich über die Blicke der Nachbarinnen Gedanken machen zu müssen.

Es wurde ein nicht zu warmer Sommer, so dass sie den Verband unter dem Kleid ganz lange tragen konnte. Wenn es zu heiß gewesen wäre, hätte sie es vermutlich im Garten nicht ausgehalten. Ihre neue

Kindermagd Ulla half ihr wo immer sie Hilfe brauchte und jagte auch mal den Kindern hinterher, wenn Johanna einmal nicht so schnell aufstehen konnte.

**17. Kapitel**

# In Frieden leben?

Der Hexenprozess war jetzt schon wieder vier Jahre vorbei. Johannas Leben hatte sich so weit normalisiert, wie es in Kriegszeiten eben so sein konnte. Das Kaiserliche und das schwedische Heer zogen immer durch Sachsen hin und her. Nur selten trafen wirklich diese beiden Heere aufeinander. Die versprengten Soldaten, die raubend durch das Land zogen, waren sehr viel schlimmer. Sie überfielen die Bauernhöfe und die Ernten waren in diesen Jahren, bedingt durch das oft schlechte Wetter, sowieso nicht so gut.

Überall im Land herrschte der Hunger und das Leben war nicht einfach, selbst für die Wohlhabenderen, so wie Johanna und ihre Familie. Die Transporte mussten immer mehr gesichert werden und Siegfried hatte ein paar Kämpfer eingestellt, die ab jetzt die Transporte seiner Waren sicherten. Die fünfzehn Mann starke Truppe von verwegenen und erfahrenen Kämpfern war im Nachbarhaus des Kontors untergebracht.

Sie wurde von einem Kämpfer mit Namen Thomas angeführt, der fast zwei Meter groß war und seine Mitkämpfer um mehr als einen Kopf überragte. Er hatte viele Kämpfe schon bestritten und war sehr erfahren. Er kämpfte mit einer schweren Streitaxt, die in seinen großen Händen wie ein Kinderspielzeug aussah. Im Garten hinter dem Haus übten die Kämpfer, wenn sie nicht gerade unterwegs waren. Die Pferde hatte sie im Stall des Kontors untergestellt, dort wo auch die Zugpferde der Wagen standen. Alles in allem war das Kontor jetzt mehr wie ein kleines Transportunternehmen.

Wann immer Siegfried zum Handeln aufbrach, war es wie ein kleiner Feldzug, auf der Straße sattelten sie die Pferde und banden ihre Rüstungen um. Mit Schwert, Schild, Pfeil und Bogen machten sie sich auf den Weg. Sie konnten es auch mit größeren Söldnergruppen aufnehmen. Bis jetzt war immer alles gut gegangen.

Heute nun zogen sie wieder los. Mit zwei Wagen, die sie bewachten und allen Männer machten sie sich bereit. Sie wollten nach Dresden. Siegfried verabschiedete sich von seiner Frau vor dem Haus und strich seinen Kindern über den Kopf, dann ritt die kleine Armee los.

Johanna sah ihnen auch noch nach, als sie schon längst hinter der Kurve verschwunden waren. Mit ihren Kindern ging sie wieder ins Haus. Im Kontor brachte sie Maria, die mittlerweile acht Jahre alt war, das Rechnen am Rechentuch bei. Sie stellte ihrer Tochter Aufgaben und diese musste die Ergebnisse mit den Rechenmünzen nachzählen. Das klappte schon ganz gut und Johanna dachte an die Zeit zurück, als sie acht Jahre alt war und ihr Onkel ihr hier am Tisch das Rechnen genau so beigebracht hatte.

Sie setzte sich in den Sessel und holte ein Buch von dem Tisch, der dort stand. Karl setzte sich auf ihren Schoß und begann vorzulesen. Er laß langsam das lateinische Buch vor und konnte es schon sehr gut. Johanna war sehr stolz auf ihren Sohn. Ihre Blicke wanderten zum Fenster, während sie ihm zuhörte. Was würde ihr Mann wohl gerade machen.

Zu dieser Zeit ritten die fünfzehn Männer mit Siegfried durch ein kleines Waldstück, als sie bemerkten, dass sie verfolgt wurden. Eine größere Gruppe Soldaten folgte ihnen. Siegfried ließ schneller reiten und nach dem Wald umkehren. Mit Pfeil und Bogen stellten sie sich den Verfolgern entgegen. Die Pfeile flogen und zehn der Verfolger fielen zu Boden. Mit Schild und Schwert ritten sie nun aufeinander zu. Der Kampf war schwer und kurz. Die zwanzig Angreifer waren Tod, aber auch drei von Siegfrieds Leuten waren Tod und einige, so auch er, durch Schwerthiebe verletzt.

Thomas traf, da Siegfried verletzt war, die Entscheidung zurück zu reiten. Siegfried setzte sich auf einen der Wagen, seine Verletzung am Arm war schwer und er verband sich diese mit einem Tuch. Die anderen Verletzten wurden ebenfalls auf die Wagen gesetzt, die Pferde der Verletzten und Toten sowie die erbeuteten Pferde hinten angebunden. Da sie noch nicht weit weg gewesen waren trafen sie bereits am Abend wieder in der Stadt ein.

Johanna verband die Wunden und die Mägde versorgten die Pferde. Jetzt hatte Siegfried nur noch ein Dutzend Männer und er selbst konnte seinen rechten Arm nicht mehr bewegen. Johanna bemühte sich nach all ihren Kräften, doch der Arm blieb steif. Nun konnte er nicht mehr reiten, sondern musste vom Kontor aus alles leiten. Siegfried brauchte jemanden, der reisen und handeln konnte. Woher sollte er so jemanden bekommen? Bis er jemanden hatte fuhr er auf dem Wagen mit.

Den Arm in einer Schlinge um den Hals saß er ab jetzt auf dem ersten Wagen, seine Begleitmannschaft um ihn herum. So führte Siegfried die Wagen und Thomas die Bergleitungstruppe. Bei einer seiner Versorgungsfahrten kaufte Siegfried in Dresden zwölf Luntenschlossmusketen und 24 Pistolen die er auf die Begleitmannschaft verteilte. Zu Pferd waren die Radschlosspistolen, die vorn am Sattel angebracht worden, von großem Vorteil, die Musketen hatten sie in den Wagen da sie auf den Pferden zu sperrig waren.

Hinter dem Haus, auf einer langen freien Fläche übten sie das Laden und schießen mit Gewehr und Pistole. Vor der Stadtmauer übten sie das Schießen vom Pferd aus im vollen Galopp. Thomas bildete seine Männer aus und sie waren nach einer kurzen Zeit so gut, dass jeder Schuss traf. Jetzt war die kleine Truppe besser ausgestattet wie die Stadtwache, bei Bedarf half Siegfried ihnen aus und Thomas half bei der Ausbildung der Soldaten mit.

Nach einer ganzen Zeit, in der keiner seiner Transporte angegriffen worden war, kam es dazu, dass sie sich wieder einmal den Verfolgern stellen mussten. Wie geübt wurde auch dieser Angriff abgewehrt, das Donnern der Musketen und der Pistolen hallte weit durch das Land. Für eine kurze Zeit standen alle Männer Siegfrieds im dichten Pulverdampf und als dieser sich verzogen hatte sahen sie nur noch fliehende Angreifer und Reiterlose Pferde von sich weg reiten. Was die Kugeln nicht verrichtet hatten, dass hatte der Donner der Musketen bewirkt.

Jetzt konnten sie es nicht nur in der Anzahl der Kämpfer mit dem Feind aufnehmen, sondern auch in der Ausrüstung mit modernen Waffen. Die Erfahrung hatte sie ja sowieso schon länger gehabt. Thomas wurde vom Rat der Stadt zum Ausbilder berufen, was ihn, aber auch Siegfried, sehr Stolz machte. War es doch eine Anerkennung der Kenntnisse und des Wissens der Beiden.

**18. Kapitel**

# Neue Zerstörungen

Es hatte bis in das Jahr 1641 gedauert, bis Siegfried einem der Knechte, dem er vertraute, lesen, schreiben und handeln beigebracht hatte. Jetzt sollte er mit der Truppe das erste Mal nach Dresden aufbrechen, um Waren für das Kontor einzukaufen. Siegfried legte ihm die Hand auf die Schulter und wünschte ihm viel Glück. Diesmal stand er vor dem Kontor auf der Straße und schaute den Freunden hinterher.

Nach einer Woche kam die Truppe mit leeren Händen, aber vollzählig, zurück. Dresden war durch das Kaiserlich Heer fast vollkommen zerstört worden. Die Truppe hatte nur noch rauchende Trümmer gesehen, als sie über einen Hügel geritten waren. Siegfried schickte die Truppe nach Norden, er brauchte Waren, sonst konnte er nichts mehr verkaufen. Sein Lager war fast leer. Nur Johannas Kräuter waren noch reichlich vorhanden, diese wuchsen aber auch in dem Garten hinter dem Haus, oder in unmittelbarer Umgebung der Stadt,

Wieder ritt die Truppe unter Thomas Führung los. Sie zogen an zerstörten Häusern vorbei und erreichten nach ein paar Tagen die große Stadt. Sie beluden die Packpferde, da sie diesmal keine Wagen benutzen wollten, mit den gehandelten Waren und zogen so schnell wie möglich zurück. Auf der Hälfte des Weges mussten sie sich in den Wald schlagen, weil das gesamte kaiserliche Heer ihnen entgegen kam. Sie räumten den Weg, hier konnten sie nur verlieren, wenn sie versuchten auf der Straße zu reiten oder den Durchbruch zu erzwingen.

Zum Glück hatten sie keine Wagen dabei gehabt, die hätten sie sonst aufgeben und zurücklassen müssen, denn in dem Dickicht des Waldes war für die breiten Pferdewagen kein Platz. Sie führten die Pferde am Zügel mit so wenig Geräuschen wie möglich durch das Unterholz. Sie folgten ausgetretenen Wildpfaden und Waldwegen. So ging es zwar langsamer voran, aber nur so konnten sie einem aussichtslosen Kampf aus dem Weg gehen. „Gab es das Ziel ihrer Reise überhaupt noch?" fragte sich mancher von ihnen. Wenn das Heer durch die Stadt gezogen wäre, dann wohl eher nicht. Sie lagerten nachts im Wald, machten aber kein Feuer, um ihre Position nicht zu verraten. Thomas ließ Wachen aufstellen und diese horchten auf jedes Geräusch im Wald.

Sie zogen eine ganze Woche durch den Wald, bevor sie hinter dem Heer wieder auf die Straße zurückkehren konnten. Ein paar Tage später waren sie wieder zurück in der Stadt und Siegfried hatte seine Waren, die er so dringend benötigte. Wenn dieser Krieg so weiter ging war jetzt schon absehbar, wann sein Geschäft pleite war, die Preise für den Transport und die Sicherung konnte schon jetzt kaum noch einer bezahlen.

Auch die Lebensmittel wurden in der Stadt immer knapper, der Hunger wurde schlimmer und es gab die ersten Hungertoten in der Ortschaft und drum herum. Es war nur noch eine Frage der Zeit, wann die nächste Krankheitswelle die entkräfteten Menschen traf, die einer Krankheit nichts mehr entgegen zu setzen hatten. Die Abwehrkräfte der Menschen waren schwach und Johanna versuchte dies mit Kräutern zu beheben.

Das Buch der Hildegard von Bingen wurde Johannas ständiger Begleiter in dieser Zeit. Zum Glück wuchsen die meisten Kräuter auch bei schlechtem Wetter, gutes Wetter war in dieser Zeit ein rares

Gut. Fast jeden Tag zogen Maria und Johanna mit einem Korb durch das kleine Waldstück, das sich um die Stadt befand. In unmittelbarer Nähe der Stadt waren sie relativ sicher vor Überfällen. Zum Schutz hatten die Beiden aber dennoch ihre Dolche, mit denen sie gut umgehen konnten, immer griffbereit am Gürtel.

Eines Morgens brach Johanna mit der zehnjährigen Maria und einer Magd auf um Kräuter zu sammeln. Die Magd trug einen großen Tragekorb auf dem Rücken und ging hinter den anderen beiden her. Am Stadttor redete Johanna kurz mit der Wache, um danach vor der Stadt in den Wald abzubiegen. Es ging eine Weile Bergauf, durch das Unterholz, bis die Drei eine Lichtung im Wald erreicht hatten. Sie waren etwa eine Stunde durch den Wald gelaufen.

Auf der Lichtung begann Johanna Kräuter und Wurzeln zu ernten. Sie erklärte ihrer Tochter, wozu welches Kraut benutzt werden konnte bevor sie es in den Korb der Magd legte. Sie tat es so, wie sie es bei Mathilde gelernt hatte. Nach einer Weile bemerkte die Magd, dass sie vom Waldrand aus beobachtet wurden. Leise informierte sie Johanna. Diese schaute sich vorsichtig um und bemerkte, dass am Waldrand, hinter Bäumen versteckt, drei oder vier Männer standen, die die Frauen auf der Lichtung beobachteten.

Johanna überlegte, was zu tun sei, während sie so tat, als hätte sie die Männer nicht bemerkt. Langsam gingen die drei Frauen, weiter Kräuter sammelnd, zum entgegengesetzten Waldrand. Aus dem Augenwinkel sah die Frau, dass auch die Verfolger sich, am Waldrand entlang, der anderen Seite näherten. Da Johannas Weg kürzer war konnte sie am Waldrand auf die Verfolger warten und ihnen entgegentreten. Maria blieb hinter der Magd und Johanna trat mit den zwei Dolchen, ihrem und dem von Maria, den vier Männern entschlossen entgegen.

Als die Männer sahen, dass sich nur eine der Frauen gegen sie stellte, wurden sie übermütig und leichtsinnig. Noch bevor sie wussten was passiert war wirbelte Johanna zwischen ihnen durch und schon lagen zwei der Räuber am Boden. Das Schwert des Dritten mit den Dolchen abfangen und mit dem Fuß zutretend hatte Johanna auch den Dritten schon bald sich windend am Boden.

Der vierte ließ sein Schwert fallen und machte sich so schnell wie er konnte auf die Flucht. Johanna schaute nach den drei am Boden liegenden Männern, die aber nur leicht verletzt waren, säuberte die Dolche und gab den einen wieder an Maria zurück. Da sie nun genug Kräuter gesammelt hatten machten sie sich auf den Rückweg zur Stadt, die sie nach einer Stunde auch sicher erreichten.

Auf dem Boden des Kontors hängten die drei Frauen die Kräuter zum trocknen auf. Dazu waren dort oben Seile gespannt, über die sie die frischen Kräuter hängten, danach wurden die vorgetrockneten Kräuter auf Tücher am Boden ausgebreitet. Immer weiter nach vorn wurden die Kräuter von den Frauen ausgelegt, bis sie dann ganz vorn, am Rande des Bodens vollkommen trocken waren. Dort füllte Johanna die Kräuter dann in kleine Säckchen ab und nahm sie nach unten zum Verkauf mit.

In ihrer kleinen Kräuterstube verbreiteten die Kräuter einen ganz besonderen Duft nach Wald und Wiese.

**19. Kapitel**

# Hilfe wo sie gebraucht wird

Im Sommer des Jahres 1646, an einem verregneten Sonntag kam Johannas Nachbarin Karola nach dem Gottesdienst auf sie zu. Ihr kleiner Sohn war erkrankt und hatte Fieber. Sie bat Johanna ihr zu helfen. Als Johanna wieder zu Hause war schlug sie im Buch nach. Dabei fiel ihr Blick auf das Urteil an der Wand. Sollte sie helfen? Sie stand auf, packte das Buch und ein paar Kräuter in eine Tasche und verließ das Haus.

Die Nachbarin wartete schon und bat sie zuerst in die Stube. "Bevor du beginnst muss ich dir erst etwas erzählen." begann sie und überlegte sichtbar, wie sie weiter erzählen sollte. Nach einer längeren Pause setzte Karola fort "Deine Anklage war damals das Werk meiner Mutter. Sie hat es mir auf dem Sterbebett vor ein paar Wochen erzählt." Johanna schreckte zurück, eigentlich hatte sie damit schon abgeschlossen gehabt, aber nun das hier? Ein Geständnis nach fast zehn Jahren?

Immer wieder hatte sie damals überlegt, wer es hätte sein können, doch auf die Mutter von Karola wäre sie nie gekommen. Karola und sie waren schon lange Freundinnen, so wie Mathilde und Karolas Mutter lange Jahre Freundinnen gewesen waren. Die Habgier hatte diese Freundschaft beendet und Mathildes Leben gefordert. Wie sollte sich Johanna verhalten? Sie überlegte nur kurz und stand auf "Dein Sohn braucht meine Hilfe und er kann nichts dafür." erleichtert fiel Karola ihrer Freundin um den Hals.

Johanna machte dem Jungen Wadenwickel und gab Karola ein paar Kräuter, die sie ihm zum Fieber senken geben sollte. Bereits nach ein paar Tagen ging es dem Jungen besser. Jedes Mal wenn Johanna an der Nachbartür vorbei ging musste sie nun wieder an die Zeit im Keller denken.

Einen Monat später bemerkte Johanna, dass sie wieder Schwanger war. Jeden Früh rieb sie sich den Bauch mit einer Seife ein, um die Narben geschmeidig zu machen und doch wurde es mit jeder Woche immer schlimmer. Die Narben dehnten sich und manchmal rissen sie wieder auf. Die Schmerzen für Johanna waren unvorstellbar stark. Dennoch musste sie für die anderen drei Kinder da sein und auch im Kontor mithelfen.

Die blutenden Stellen konnte sie auch nur locker verbinden, um das ungeborene Kind nicht zu gefährden. An manchen Tagen hatte sie das Gefühl die Schmerzen nicht mehr aushalten zu können und doch ging alles gut. In der ganzen Zeit der Schwangerschaft half sie weiter den Frauen in der Stadt. Alle kamen zu ihr in das kleine Zimmer neben dem Kontor. Manche brauchten Kräuter, andere einen Rat und wieder andere wollten nur die neusten Nachrichten hören, die die Handelskolonnen von ihren Reisen mitbrachten.

Am Ende des Winters hatten die Schmerzen für Johanna ein Ende. Nach einer schweren Nacht sowie Geburt unter Schmerzen hielt sie ihre dritte Tochter in den Armen. Die anderen Kinder waren ja schon größer und freuten sich auf ihre Schwester. Wobei das Wort Kinder ja nicht mehr auf alle zutraf, denn Maria war schon sechzehn und Karl fünfzehn Jahre alt. Beide halfen sie ebenfalls mit im Kontor aus.

Johanna stellte die Wiege in das Zimmer und so konnte sie während der Arbeit auf ihre jüngste Tochter aufpassen. Die Tür ließ sie offen stehen und so konnte sie auch ihren Mann und die anderen Kinder immer beobachten. Von Zeit zu Zeit half ihr Maria mit den Kräutern. Auch in den Wald gingen die beiden immer noch gemeinsam, wann es ihre Zeit zuließ. Nur ganz selten ging Johanna alleine, meist mit einer Magd zusammen aber auch Maria ging von Zeit zu Zeit mit der Magd alleine in den Wald. Johanna schaute dann immer besorgt hinter ihrer großen Tochter her, aber sie wusste ja, dass sich Maria zu wehren verstand.

Alles hatte sie der Tochter beigebracht, Kräuter sammeln, Kämpfen, Handeln und rechnen. Langsam nahm sich Johanna aus dem Leben ihrer Tochter zurück. Bald nun würde sie erwachsen sein und es konnte nicht mehr lange dauern, bis Maria das elterliche Haus verlassen würde. Es wurde auch Zeit, dass ihr Mann für Maria nach einem passenden Mann suchte, Johanna wollte da unbedingt mit ihm reden und hoffte ein Mitspracherecht zu haben. Sie wollte nicht, dass ihre Tochter, so wie sie damals, an irgendjemanden abgegeben würde und Johanna sie vielleicht nie wieder sehen würde.

Mit ihrer jüngsten Tochter auf den Knien dachte sie daran, dass es wirklich schon mehr als sechzehn Jahre her war, dass sie damals dort in dem Dorf gelebt hatte. Noch immer erinnerte sie das blonde Haar ihrer Tochter Maria an den folgenschweren Tag. Die hellen Haare waren einzigartig hier in der Stadt, so helles Haar hatte sie nirgendwo sonst gesehen. Sie alle hatten dunkelblonde und braune Haare. Auf die Fragen Marias woher sie diese Haarfarbe her hatte war sie bisher ausgewichen, aber nun kam langsam die Zeit, wo sie mit der Tochter reden musste.

Lange hatte Johanna überlegt. Was konnte sie der Tochter überhaupt sagen? Eigentlich waren es ja alles nur Vermutungen. Da sie zur entsprechenden Zeit nicht bei Bewusstsein gewesen war, hatte sie auch daran keine Erinnerungen. Sie konnte nur vom Davor und vom

Danach erzählen und von ihrer Vermutung, dass es sich um einen versprengten schwedischen Soldaten gehandelt haben könnte.

Als am Abend ihre jüngste Tochter eingeschlafen war, setzte sie sich mit Maria in das kleine Zimmer, in dem sie die Kräuter aufbewahrte und begann die ganze Geschichte zu erzählen. Maria hörte geduldig die ganze Zeit zu, ohne die Mutter zu unterbrechen. Nachdem Johanna geendet hatte sagte Maria "Ich kenne nun deine Erinnerungen und ich danke dir dafür." dann fiel sie der Mutter um den Hals.

Noch lange saßen die beiden an dem Abend in der kleinen Stube und unterhielten sich, bevor sie sich wieder auf die Zimmer begaben fragte Johanna ihre Tochter ob sie schon mal über eine Heirat nachgedacht habe. Maria errötete und überlegte, nach einer ganzen Weile, Johanna hatte schon die Türklinke in der Hand, sagte Maria "Ich habe schon daran gedacht, Bertram, der Sohn des Kaufmannes Wolfgang, und ich, wir verstehen uns ganz gut. Vielleicht könnte er mein Mann sein?" Johanna nickte und setzte hinzu "Ich rede mal mit deinem Vater."

**20. Kapitel**

# Endlich Frieden?

Mitten in die Hochzeitsvorbereitungen, die im Sommer 1648 stattfanden, platzte das Gerücht, dass Frieden sei. Der lange Krieg war zu Ende. Oder war es wirklich nur ein Gerücht? Solange Johanna zurückdenken konnte kannte sie nur den Krieg. Zwar hatte dieser erst angefangen, als sie acht Jahre alt war, aber ihre frühesten Erinnerungen hatten immer nur mit Krieg, Zerstörung und Gewalt zu tun. Die Friedenserinnerungen, die sie ja bestimmt auch hatte, waren durch die viele Gewalt vollkommen verdrängt worden.

Ihre Kinder kannten sowieso nur den Krieg. Immer mehr Boten erzählten von Friedensverhandlungen, also konnte es doch kein Gerücht sein, sonder es musste wirklich stimmen. Die Hochzeitsvorbereitungen für ihre Tochter Maria hatten sich länger hingezogen als sie es erwartet hatte, doch nun war soweit alles zwischen den beiden Kaufmannsfamilien abgesprochen. Jeden Abend saß Johanna in dem kleinen Zimmer und nähte an dem Hochzeitskleid für ihre Tochter.

Den Stoff dafür hatte sie in dem Kontor gekauft, in dem Maria später einmal leben und arbeiten würde. Es lag genau auf der anderen Seite des Marktplatzes und dort wurde mit all dem gehandelt, was es bei ihnen nicht gab. So kam man auch nicht in Konkurrenz zueinander.

Schließlich war es endlich so weit. Am nächsten Morgen sollte die Hochzeit stattfinden. Am Abend davor setzten sich Mutter und Tochter in die kleine Kammer und nahmen symbolisch mit einem Abendmahl voneinander Abschied. Auch wenn sie sich weiterhin jeden Tag mehrmals sehen würden, so lebte Maria doch nach der Hochzeit in einer anderen Familie. Es würde für Johanna nicht mehr dasselbe sein wie bisher.

Sie verstand sich zwar mit der anderen Kaufmannsfamilie sehr gut und sie waren eng befreundet, aber in der Familie leben musste Maria und nicht sie. Johanna wollte ihrer Tochter aber keine Angst machen und schwieg zu ihren Befürchtungen. Stattdessen erzählte sie ihrer Tochter von den ehelichen Pflichten, die ja nun auf sie zukommen würden.

Dabei schaute Johanna immer wieder aus dem Fenster, sie hatte zweimal geheiratet und verschwieg viele Dinge aus ihrer ersten Ehe, so wie die Hochzeitsnacht und die fehlende Liebe des Bauern, sondern erzählte von ihrer zweiten Hochzeit, die für sie viel angenehmer in Erinnerung geblieben war. Der Abend ging sehr lang für die beiden Frauen und zum Abschluss fielen sie sich weinend um den Hals. Ob es nun Tränen des Abschieds oder Tränen der Freude auf die Hochzeit waren konnte keine der Beiden sagen. Vermutlich eine Mischung aus Freude und Trauer.

Nach einer sehr kurzen Nacht half Johanna ihrer Tochter in das Brautkleid. Es passte perfekt und war wunderschön. Die beiden Familien trafen sich vor der Kirche und gingen gemeinsam hinein Der Pfarrer schloss die Ehe und als drei Familien verließen sie die Kirche wieder. Vor der Kirche übergaben Johanna und ihr Mann die Tochter in die neue Familie. Anschließend gingen alle mit den Gästen in die kleine Schänke und feierten bis spät in die Nacht.

Am nächsten Morgen übernahm Maria zusammen mit ihrem Mann die Arbeit in dem Kontor. So wie sie es bei ihrer Mutter gelernt hatte führte sie die Bücher und rechnete zusammen, während ihr

Mann verkaufte und Kunden empfing. Gegen Mittag schaute Johanna bei Maria vorbei. Sie versuchte es nicht als Kontrolle aussehen zu lassen, aber sie war mit Marias Arbeit sehr zufrieden. Johanna hatte ein paar Kräuter mitgebracht, die Maria in einem Kessel über dem Feuer aufbrühte und deren Sud die beiden Frauen danach tranken.

Als der nächste Kunde in das Kontor kam verabschiedete sich Johanna von ihrer Tochter und ging zufrieden zurück in ihr Kontor. Sie nickte ihrem Mann nur zufrieden zu, als sie in ihre Kräuterkammer ging und setzte sich auf ihren Stuhl. Wenn sie zum Fenster hinaus sah, so sah sie das Kontor in dem Maria gerade jetzt in diesem Moment arbeitete.

Am nächsten Tag wurde Johanna von ihrer Erinnerung wieder eingeholt. Sie stand auf dem Markt als sie sah, dass eine ganze Familie, Vater, Mutter und zwei Töchter, als Hexen sowie Hexer verhaftet und auf einen Wagen geladen wurden. Die Angst kroch wieder über ihren Rücken und unwillkürlich verschränkte sie ihre Hände vor dem geschundenen Bauch. Lange sah sie dem Wagen nach und sie hörte das Schreien der beiden Mädchen. Sie waren sicherlich nicht älter als sechzehn Jahre gewesen. Ihr Schicksal war mit der Abholung fast besiegelt. Wer konnte schon der Folter widerstehen.

Drei Stunden lang musste man die Befragung durchhalten und kein Geständnis ablegen, dann war man frei, aber drei Stunden waren lang. Furchtbar lang, dass wusste Johanna nur zu gut. Wie durch ein Wunder und nur mit Gottes Hilfe hatte sie durchgehalten.

Der Glaube an ihre Kinder hatte ihr geholfen die schreckliche Tortur zu überstehen und vermutlich hatte sie auch einen himmlischen Beistand gehabt. Oder war es nur Glück gewesen? Natürlich hätte sie, um die Folter zu beenden, auch gestehen können. Aber sie hatte nichts zu gestehen gehabt, sie war unschuldig gewesen.

Sie war es damals und sie war es auch heute immer noch, aber wenn die Beschuldigung ausgesprochen worden war, so half nur noch sehr viel Glück, um dem Tod zu entgehen. Die Familie hatte nicht so viel Glück. Eine Woche später hörte Johanna, dass alle vier in der Nachbarstadt hingerichtet worden waren. An diesem Tag betete sie in der kleinen Kirche für die Seelen der unschuldig verurteilten Familie, sowie für die Seelen der damals mit ihr angeklagten Frauen. Sie saß in der ersten Reihe in dem halbdunklen Kirchenschiff.

Sie schaute auf zum Altar direkt vor ihr. Dahinter hing an einem Kreuz das Abbild Jesu. War er nicht ebenfalls unschuldig verurteilt worden? War er nicht ebenfalls unschuldig gestorben? Johanna betete zu ihm, so inständig wie sie noch nie gebetet hatte, dass er dieses Sterben beenden sollte.

War ihr Beten und Flehen erhört worden? Sie hatte den Eindruck, dass das Bild ihr zunickte. Sie bedankte sich und verließ die Kirche. Die Hoffnung zeigte sich in einem Sonnenstrahl, der durch die Wolkendecke brach und direkt vor ihre Füße leuchtete. Johanna betrat den Sonnenstrahl und ihr war, als höre sie eine Stimme, die sagte "Ich bin immer an deiner Seite meine Tochter." Ein Lächeln zog auf ihr Gesicht.

**21. Kapitel**

# Der Blick in die Zukunft

Als der Winter dem Frühling gewichen war kündigte sich bei Maria Nachwuchs an. Sie arbeitete in der Familie mit und traf sich fast täglich mit Johanna. Da Marias Schwiegermutter Uta schon sehr alt war führte Maria die Familie und die Mägde, so wie Johanna ihre Familie führte.

Die Häuser der beiden Familien waren nur durch den großen Marktplatz voneinander getrennt. Wenn Johanna am Abend das Kontor schloss blickte sie aus der Tür nach drüben und meist stand dann Maria drüben ebenfalls in der Tür. Sie winkte hinüber und ihre Tochter winkte zurück.

An einem schönen Frühlingstag trat Johanna mit einer Magd vor das Haus. Es war Markttag und sie wollte ein paar Lebensmittel einkaufen. Die Magd trug den Korb hinterher. Johanna kaufte ein paar Rüben und Äpfel. Sie schaute sich an den Ständen um, als sie an einem Stand, an dem es Schmuck gab, auf ihre Tochter Maria traf, die sich dort ebenfalls umschaute. Maria war nun hochschwanger und ihr Kind sollte in der nächsten Woche zur Welt kommen.

Gemeinsam gingen sie noch über den Markt und unterhielten sich. Maria schob ihren Bauch vor sich her und hielt ihre Hände schützend davor. Am Abschluss des Markganges brachte Johanna ihre Tochter zur Tür des Hauses. Sie umarmten sich und Maria ging in ihr Haus hinein.

Am Abend dieses Tages klopfte es ganz laut an Johannas Tür. Als sie öffnete stand Marias Magd vor der Tür und erzählte, ganz außer Atem, dass die Geburt bei Maria los ging. Johanna holte ein paar Sachen und eilte danach über den Platz. In dem Haus war alles in heller Aufregung, alle Mägde liefen ungeordnet durcheinander. Johanna brauchte ein paar Minuten und ein paar laute Anweisungen damit alles wieder in normalen Zustand kam.

Erst dann konnte sie sich um ihre Tochter Maria kümmern. Zusammen mit Uta, Marias Schwiegermutter, die schon weit über sechzig war, koordinierte sie die Hausgeburt. Sie hatte das schon oft bei anderen Frauen gemacht, aber diesmal war es anders, weil es ihre Maria betraf.

Sie hatte auch schon viele Frauen bei der Geburt sterben sehen, aber daran wollte sie im Moment lieber nicht denken. Sie half ihrer Tochter so gut es ging durch die Wehen zu kommen. Maria hatte ein Beißholz, auf das sie beißen konnte, wenn der Schmerz zu groß wurde und Johanna stützte sie.

Vor dem Zimmer war eine Unruhe und als Johanna, zwischen zwei Wehen in einem ruhigem Augenblick, nach draußen ging, traf sie dort auf ihren Mann, Marias Mann und Marias Schwiegervater die sich vor dem Zimmer aufhielten und den Weg für die Mägde versperrten. Johanna schickte die drei Männer in die Schänke mit dem Versprechen, ihnen sofort eine Nachricht zukommen zu lassen, wenn es etwas Neues geben würde.

Widerwillig machten sich die Drei auf den Weg, zu der nur hundert Meter entfernten Schänke. Nun konnte sich Johanna wieder um ihre Tochter kümmern, bei der gerade die nächste Wehe einsetzte. Das Zimmer wurde durch Kerzen und ein paar Öllampen in ein flackerndes Licht getaucht. Schatten zuckten an der Wand und die Abstände zwischen den Wehen wurden immer kürzer. Johanna half ihrer Tochter mit einen kalten feuchten Tuch, dass sie Maria auf die Stirn und den Hals legte.

Johanna betete im Stillen, dass alles gut ging. Zu viele junge Frauen hatte sie unter der Geburt schon sterben sehen und oft wurden die Kinder nur Tod geboren. Maria zuckte bei der nächsten Wehe wieder zusammen und, gestützt auf ihre Mutter, presste sie in die Wehe hinein. Johanna versuchte alles, um ihre Tochter bei Kraft zu halten. Maria musste den Hauptteil der Arbeit leisten und wenn es ihr nicht gelingen würde, so würde das Kind sicher sterben. Johanna war eine erfahrene Hebamme und wusste sofort Bescheid, wenn ihr Eingreifen notwendig sein würde.

Johanna war in der Stadt die letzte, die noch als Hebamme tätig war. Nur ihr Stand als Frau eines Kaufmannes bewahrte sie davor, dass sie von Frauen angezeigt werden würde, wenn bei der Geburt etwas schief ging. Oft ließ der Zustand der Frauen eine normale Geburt nicht zu und oft wurde Johanna, aus Angst vor den Kosten, viel zu spät gerufen. Bei ihrer Tochter musste sie sich darüber keine Sorgen machen. Als Frau eines Kaufmannes hatte Maria eine genügend stabile Konstitution und auch der Ernährungszustand war gut.

Viele der ärmeren Frauen konnten sich nahrhaftes Essen in diesen Zeiten schon lange nicht mehr leisten. Auch die Lebensumstände der reicheren Familien unterschieden sich stark von denen der Armen. Johanna hatte bei jeder Geburt sofort den Unterschied zu ihrem eigenen Haus vor Augen. Bei fast jeder Geburt war es eher eine armselige Hütte mit einem Strohsack und nicht, so wie dieses Mal, ein Bett in einem gut beleuchteten Zimmer mit Glas vor den Fenstern.

Es dauerte die ganze Nacht und erst bei Sonnenaufgang war Marias Sohn geboren. Als die ersten Strahlen der Sonne durch das Fenster fielen beleuchteten sie Maria und das Kind gleichzeitig. Für Johanna war das ein sehr gutes Omen und sie dankte für dieses Zeichen im Stillen. Johanna schickte gleich eine Magd zur Schänke und alle Männer, die diese Nacht mit gewartet hatten, klopften Marias Mann Ulrich anerkennend auf die Schulter, obwohl ja die Frauen die ganze Arbeit und den Schmerz der Geburt gehabt hatten.

Maria gab ihren Sohn in die Arme ihres Mannes und schlief gleich darauf vor Erschöpfung ein. Das Kind hatte die hellen Haare der Mutter und Ullrich hielt es hoch, um ihm das ganze Haus zu zeigen. Johanna verabschiedete sich und machte auf dem Heimweg einen kurzen Halt in der kleinen Kirche. Sie setzte sich ganz nach vorn und sprach ein Dankgebet.

Auch Mathilde schloss sie darin ein, bei der sie ja alles über Geburten und Kräuter gelernt hatte. Glücklich und zufrieden ging Johanna nach Hause, wo sie auch ihren gerade heimkehrenden Mann traf. Er kam im selben Moment am Haus an, in dem auch Johanna an der Tür des Hauses eintraf. "Nun sind wir Großeltern." sagte er schmunzelnd zu Johanna und diese nickte nur, ebenfalls glücklich lächelnd. Sie fühlte sich noch gar nicht so alt und doch war es ja nun so, dank Maria.

**22. Kapitel**

# Schatten der Erinnerung

Es war ein nebliger Herbsttag, an dem sich Johanna in ihrem Kontor mit dem einsortieren von Kräutern beschäftigte. Den ganzen Sommer über hatte sie gepflückt und getrocknet. Das Spielen mit ihrem Enkel Wolfgang war dabei auch nicht zu kurz gekommen, er war nun ein halbes Jahr alt. Maria würde Anfang des nächsten Jahres ihr zweites Kind bekommen, wenn alles gut ging.

Johanna stand mit dem Rücken zur Eingangstür und ein kalter Schauer überlief sie. Es war nicht das kalte Wetter von draußen, dass sie erschaudern ließ, sondern ein seltsames Gefühl. Sie wagte sich kaum umzudrehen. Nach einer ganzen Weile schaffte sie es doch. Sie erschrak und ging mit einem stummen Schrei Rückwärts bis die Wand des Kontors ihren Weg beendete. Im Raum stand, in einen dunklen Mantel gehüllt, was die Erscheinung noch dunkler machte, der Richter aus dem Nachbarort.

Es war schon mehr wie fünfzehn Jahre her und doch hatte Johanna sofort wieder die Bilder aus dem dunklen Keller vor den Augen. Sie verschränkte die Hände vor dem Bauch, wie um ihn zu beschützen. Die Narben von damals schmerzten sofort wieder. Johanna sackte lautlos an der Wand zusammen.

Hatte Gott ihr nicht versprochen sie zu beschützen? War das eine Prüfung oder eine Strafe? Aber für was? Sie hatte nichts Unrechtes getan. Weder heute noch damals. Vor Schreck hatte sie ihre Augen ganz weit aufgerissen und wieder traf sie ein Sonnenstrahl, diesmal mitten ins Gesicht. Langsam fasste Johanna Mut, sie betete ohne ein

Wort, nur ihre Lippen bewegten sich. Starr war ihr Blick auf den Mann gerichtet, der nur wenige Schritte vor ihr stand, genau so weit entfernt wie damals in dem dunklen Keller.

Der Mann legte den feuchten Mantel ab und kam auf Johanna zu um ihr auf zu helfen. Er brachte sie zu einem Stuhl, wo sie sich setzen konnte Siegfried kam dazu und auch er hatte den Richter sofort wieder erkannt. Er sah, wie blass seine Frau geworden war. Jeder Blutstropfen war aus Johannas Gesicht gewichen. Sie war bleich wie eine geweißte Wand. Siegfried brachte ihr etwas zu trinken und Johanna brauchte eine ganze Weile bis der Schreck der Begegnung wieder aus ihren Gliedern gewichen war.

"Wenn er etwas von mir wollte, dann wäre er ja nicht alleine gekommen." dachte sich Johanna und fasste sich ein Herz. Langsam und zögerlich begann sie das Gespräch, vermied aber jeden Verweis auf den damaligen Prozess. Es war dann der Richter, der auf den Prozess zurückkam. Er erzählte, dass er sein Richteramt nach dem Prozess damals niedergelegt hatte. Johanna hatte die ersten Zweifel bei ihm gesät und nach dem Urteil konnte er nicht mehr so weiter machen.

Noch immer wurden jedes Jahr Frauen und Mädchen wegen Hexerei und Zauberei verurteilt. Schon lange war er als Händler unterwegs und in dieser Funktion war er heute hier. Er verhandelte mit Siegfried über eine paar größere Warenlieferungen. Später nach dem Gespräch kam er noch einmal auf Johanna zu und erzählte, dass seine Frau schwer krank war und dann fragte er ob Johanna ihr und ihm nicht helfen konnte.

Johanna überlegte nur kurz, holte dann ihren Mantel, die Tasche mit den Kräutern und ging danach zum Stall um ihr Pferd zu holen.

Auf Siegfrieds Wunsch hin begleitete Thomas, schwer bewaffnet, Johanna und den ehemaligen Richter in die Nachbarstadt. Nachdem sie eingetroffen waren untersuchte Johanna die Frau. Mehr als unbedingt notwendig schlug sie im Buch der Hildegard von Bingen nach und achtete auch darauf, dass der Mann es jedes Mal sah. Schnell hatte sie die notwendigen Kräuter zubereitet und verabreicht.

Das es schon Abend geworden war wurden Johanna und Thomas für die Nacht in das Haus des ehemaligen Richters eingeladen. Ein Zimmer wurde für Johanna von den Mägden vorbereitet und dann wurde für das Abendessen aufgetafelt. An all dem konnte man das schlechte Gewissen des Mannes sehen, der so versuchte etwas von seiner Schuld wieder gut zu machen. Aber konnte man so eine Schuld überhaupt wieder loswerden?

Die kleine Feier ging bis spät in die Nacht und der ehemalige Richter wollte immer mehr von der Arbeit Johannas wissen. Am Anfang war Johanna noch sehr zurückhaltend, doch später erzählte sie sehr freimütig über ihre Arbeit im Kontor, die Kräuter und die Hilfe für die Frauen der Umgebung. In fast jedem zweiten Satz verwies sie aber auf das Buch der Hildegard, dass sie auch bei dieser Reise dabei hatte und dass sie auch dem Mann zeigte. Gemeinsam schauten sie sich die Illustrationen und Texte an. Immer mehr zweifelte der Mann an seiner damaligen Einschätzung. Erst sehr spät kam Johanna ins Bett und schlief schnell ein.

In dieser Nacht erschien ihr Mathilde im Traum und sagte zu ihr "Ich bin stolz auf das, was du machst und wie du anderen hilfst." sie legte Johanna die Hand auf den Kopf und Johannas ganzer Körper begann zu leuchten. Johanna erwachte mit dem Gefühl, dass sie immer noch von innen heraus strahlte.

An diesem Morgen ging es der Frau schon besser und Johanna erklärte den Mägden, wie sie mit den Kräutern weiter machen sollten. Sie verabschiedete sich vor dem Haus von dem Mann, der sie einst verurteilen wollte wegen dieser Sachen, mit denen sie gerade seiner Frau geholfen hatte.

Thomas saß schon auf dem Pferd und hielt Johannas Pferd fest. Als sie aufgestiegen waren ritten sie durch die Stadt zum Stadttor. Auf dem Weg dorthin mussten sie am Gericht vorbei und diesmal konnte Johanna ohne Schwierigkeiten an dem dunklen Kellereingang vorbei reiten. Die Schatten der dunklen Erinnerung waren von ihr gewichen.

Auf dem Weg in ihre Stadt zurück musste sie auch an dem Richtplatz vorbei, an dem ja immer noch Menschen zu Tode kamen, aber auch an diesem schrecklichen Platz kam das Gefühl der Angst nicht wieder. Am Tag zuvor hatte sie noch einen anderen Eingang zu der Stadt genommen, nur um nicht hier vorbei zu müssen. Doch mit dem Erwachen am Morgen waren die Schatten gewichen und das Licht hatte sich in ihrer Seele breit gemacht. Wie von allen Fesseln befreit ritt sie lächelnd nach Hause.

**23. Kapitel**

# Ein Neuanfang?

Nach dem Zusammentreffen mit dem ehemaligen Richter war Johanna nun klar, was ihre Aufgabe war. Sie wollte und musste helfen wo immer es nötig sein würde. Wenn sie sich so die Arbeit der Bader anschaute, so war ihr klar, dass sie viel besser als die meisten dieser Scharlatane helfen konnte. Die einzige Gefahr ging davon aus, dass sie jemand verklagen würde und wieder der Zauberei beschuldigen, aber das musste sie in Kauf nehmen.

Das kleine Zimmer im Kontor wurde nun wieder zu einem Anlaufpunkt für die Frauen der Umgebung, so wie es das früher schon einmal gewesen war, und schnell sprach sich herum, dass dort jemand war, der Ahnung von den Kräutern und vom Heilen hatte. Auch wenn Johanna nicht "Bader" draußen an das Haus dran schreiben durfte, so machte sie doch, zusammen mit ihrer jüngsten Tochter Ulla, genau das, was ein Bader auch machte. Vom Zähne ziehen mal abgesehen.

Der kleine Raum war von Sonnenaufgang bis Sonnenuntergang durchweg voller Frauen und Kinder. Wunden verbinden, Kräuter gegen Erkältungen verabreichen und gut zureden waren nun Johannas Beschäftigungen. Die Männer gingen weiter zu den Badern, die Frauen trafen sich zum Plausch und zur Hilfe bei Johanna. Indirekt half sie auch den Männern über die Frauen. Von Zeit zu Zeit musste sie auch zu dem einen oder anderen reiten. Dabei wurde sie dann, zum Schutz, immer von Thomas begleitet, obwohl sie selber mit den Pistolen an ihrem Sattel hervorragend umgehen konnte und der Dolch an ihrer Seite war immer noch sehr scharf.

Doch so fühlte sie sich sicherer und Siegfried natürlich auch. Mitunter musste Thomas auch bei den Behandlungen helfen. Da er, als erfahrener Soldat und Teilnehmer an viele Schlachten, schon viele Verletzungen und Verwundungen gesehen hatte. Arme und Beine einrenken übernahm er dann und überließ Johanna die körperlich nicht so anstrengenden Behandlungen.

Obwohl die Beiden nie längere Touren unternahmen kamen sie doch hin und wieder in gefährliche Situationen. Der Krieg war zwar vorbei, aber die marodierenden Banden von Soldaten waren immer noch in den Wäldern. Nur langsam gelang es diese Banden aufzustöbern und zu vernichten. Immer mal wieder überfielen sie Reisende oder Händler, doch bei Johanna und Thomas bissen sie sich immer die Zähne aus. Mit Schwert, Dolch und Pistolen kämpften sie sich immer den Weg zu ihren Patienten oder nach Hause frei.

Das innere Leuchten war bei Johanna geblieben und oft reichte es schon aus, dass sie nur die Hand auflegte damit alles wieder gut wurde. Dazu sprach sie immer besonders laut ein Gebet, damit daran, dass Gott der war, der wirklich heilte, kein Zweifel blieb. Das große hölzerne Kreuz trug Johanna für jeden sichtbar um den Hals. Es wurde für sie zu einem Schutzsymbol, niemand durfte auch nur den leisesten Zweifel an der Rechtschaffenheit ihrer Arbeit haben, da war sich Johanna sicher. Niemals wieder wollte sie in diesen dunklen Keller zurück, den sie nur mit viel Glück überlebt hatte.

Auf dem Rückweg von einer Patientin sahen sich die Beiden in einem dunklen Waldstück plötzlich einer Gruppe von zehn Soldaten gegenüber. Johanna stoppte ihr Pferd, ließ die Zügel fallen und zog die beiden Pistolen, so wie sie es immer und immer wieder geübt hatte. Neben ihr brachte auch Thomas seine Waffen in Position. Die Überraschung auf beiden Seiten sorgte dafür, dass die Beiden auch in die gezogenen Pistolen der Banditen schauten. Keine zehn Meter trennten beide Gruppen.

Johanna zog die beiden Abzüge fast im Reflex nach hinten durch. Die Radschlösser begannen sich zu drehen, von den Feuersteinen stoben Funken nach allen Seiten weg und entzündeten das Pulver. Fast gleichzeitig gingen alle Waffen los. Es gab nur einen einzigen lauten Knall und alles war in dunklen, stinkenden Pulverdampf gehüllt, der durch die vielen Bäume ringsum auch nicht vom Wind fort geweht werden konnte.

Nur langsam zog der dicke Qualm nach oben ab. Johanna hatte den langen Dolch in der rechten Hand und eine Pistole, die abgefeuert war, verkehrt herum am Lauf in der anderen Hand. So ritt sie, nachdem sie wieder etwas sehen konnte, ohne zu zögern unter die Feinde. Sie schaute nicht zu Thomas hinüber, sondern stürmte ohne Furcht gegen die sechs verbliebenen Banditen. Laut schreiend sowie nach links und rechts stechend und schlagend verjagte sie die Angreifer.

Ihr Angriff gegen die verdutzten Soldaten dauerte nicht lange. Erst als zwei weitere tot und alle anderen vor Schreck auf der Flucht waren konnte sie sich nach Thomas umschauen. Er hing über seinem Pferd und rührte sich nicht. Schnell ritt sie zu ihm zurück und zog ihn vom Pferd.

Sie legte ihn auf den Weg und begutachtete seine Wunden. Eine Kugel hatte seine Schulter durchschlagen und eine weitere seinen anderen Arm getroffen. Mit ein paar Kräutern verband sie seine Verletzungen und stillte das Blut aus seinen beiden Wunden. Erst jetzt merkte sie, dass auch sie getroffen war. Ein Streifschuss hatte ihren Oberarm getroffen, aber die Aufregung des Kampfes hatte dafür gesorgt, dass sie keine Schmerzen gehabt hatte. Sie half Thomas auf sein Pferd, lud schnell die vier Pistolen neu, verstaute diese in den Halftern vor den Sätteln und zog sich dann auf ihr Pferd. Sie biss die Zähne zusammen, um nicht vor Schmerz aufschreien zu müssen.

Mit Thomas Pferd am Zügel neben sich machte sie sich langsam auf den Heimweg. Von Zeit zu Zeit musste sie den Verband an Thomas Schulter neu festziehen, da er sich durch das Reiten lockerte. Die Blutung hatte sie durch den festen Verband gestoppt und noch bevor die Tore schlossen waren sie wieder zu Hause.

Zuerst versorgte sie dort Thomas, bevor sie sich von Maria, die gerade in Johannas Kontor war, verbinden ließ. Die Kräuter sorgten dafür, dass sich Thomas Wunden schnell schlossen. Auch Johanna konnte den Arm bereits ein paar Tage später wieder ohne Schmerzen bewegen. Nach gut einer Woche ritten sie und Thomas aber schon wieder zum nächsten Krankenbesuch aus.

Diesmal hatte jeder von ihnen vier Pistolen am Sattel vor sich festgemacht, allerdings hatte Thomas noch einen Arm in der Schlinge, doch er kämpfte selbst mit einem Arm besser als andere mit Zweien.

## 24. Kapitel

## Auf den Stufen der Kirche

Es war der Sommer des Jahres 1650. Der Krieg war nun endgültig vorüber und in diesem Jahr war auch der Sommer endlich mal so warm, dass das Korn goldgelb auf den Feldern stand. Die Ernte versprach hervorragend zu werden. Bei jeder ihrer Touren ließ Johanna ihren Blick über die Felder schweifen. Wenn diese Ernte wirklich so gut werden würde, wie die Felder es versprachen, so würde es in diesem Jahr endlich mal keinen Hunger geben. Die letzten Jahre war das nicht oft so gewesen. In manchen Jahren hatte es im Juni noch geschneit oder der Regen hatte danach die Ernte zerstört.

Vielleicht hatte die Natur ja auch gemerkt, dass das Sterben unter den Menschen nun beendet war. Langsam normalisierte sich das Leben, obwohl viele Menschen durch den langen Krieg gar keinen Frieden kannten. Johanna dachte daran, dass am Sonntag in einer Woche ihr Sohn heiraten würde. Sieglinde war die Tochter eines Kaufmannes aus Dresden und Johanna hatte sie schon kennen gelernt, als sie vor ein paar Wochen mit ihrem Mann in Dresden gewesen war.

Wie immer bei Patientenbesuchen, so ritt Thomas auch an diesem Tag an ihrer Seite. "Wirst du dich zur Ruhe setzen, wenn dein Sohn das Kontor übernimmt?" fragte er sie. Johanna überlegte kurz und erwiderte "Im Kontor schon, aber die Krankenbesuche werden wir weiter machen." Thomas nickte, das hatte er sich schon gedacht. Schweigend ritten sie den Weg am Feld weiter entlang. Das Haus der Bäuerin, die heute noch ihr Kind bekommen sollte und zu der die Beiden auf dem Weg waren, lag unmittelbar vor ihnen.

Die Geburt ging ohne Probleme vor sich, so dass die Beiden auch schon bald wieder zurück reiten konnten. An diesem Tag mussten sie nicht bei dem Bauer übernachten, wie es sonst oft der Fall war, sondern konnten am Abend wieder in der Stadt sein. Zügig ritten sie den Weg entlang, bei Einbruch der Dunkelheit würden die Tore geschlossen und wer dann noch vor der Stadt war, der musste bis zum Morgen warten.

Den Rest der Woche würde Johanna die Hochzeit vorbereiten und die ganze Zeit war sie in Gedanken schon bei der Vorbereitung. Gegen Abend waren sie wieder in der Stadt zurück.

Am nächsten Tag kam die Familie von Sieglinde in die Stadt und nahm in der Schänke Quartier. Die beiden Väter trafen sich am Abend in der Schänke und die beiden Mütter in der Küche des Kontors. Johanna verstand sich auf Anhieb mit Sieglindes Mutter. Schon nach wenigen Minuten lachten die beiden Frauen in der Küche.

Über allen Vorbereitungen hatte Johanna ganz vergessen, dass sie in dieser Woche auch ihren 42. Geburtstag hatte. Am Morgen des Tages schaute sie zur Kirche hinüber und dankte für all das, was sie in den letzten Jahren erhalten hatte. Natürlich dachte sie auch an die dunklen Stunden. Auch an Mathilde dachte sie und dankte ihr noch einmal im Stillen für die Hilfe und das Kräuterwissen.

Nach der Hochzeit würde ihr Mann ihrem Sohn das Kontor übergeben und sich nur noch im Rat der Stadt beschäftigen. Vielleicht würde er noch Bürgermeister werden. "Wer weiß. Er wäre ein guter Bürgermeister." dachte Johanna.

Sie ging zur Kirche hinüber, um mit dem Pfarrer die letzten Einzelheiten der Hochzeit abzusprechen. Auf den Stufen der Kirche traf sie ein Sonnenstrahl von oben und als Johanna nach oben schaute sah sie, dass der Sonnenstrahl das Kreuz auf dem Kirchturm erleuchtete. Sie dankte Gott, dass er sie aus so vielen Situationen gerettet hatte. Dann ging sie in die Kirche hinein.

Von Uwe Goeritz ebenfalls beim Verlag BoD erschienen (BoD – Books on Demand, Norderstedt, nähere Informationen finden Sie unter www.BoD.de)

**"Schicha und der Clan des Bären"**
**die ISBN lautet 978-3-7386-0262-3**

"Diese Geschichte spielt in der Steinzeit, als unsere Vorfahren dazu übergingen sesshaft an einem Platz zu leben. Es war der Beginn der Siedlungen, von Viehhaltung und gezieltem Anbau von Pflanzen. Die Schwierigkeiten der ersten Siedler und die Gefahren in ihrer Umwelt werden deutlich gemacht."

**108 Seiten für 7,90 Euro**

**"In den finsteren Wäldern Sachsens"**
**die ISBN lautet 978-3-7357-7982-3**

"Diese Geschichte spielt von 764 bis 802 in den Völkern der Sachsen und Franken. Matthias, ein Franke, und Thorsten, ein Sachse, haben beide ihre Familien in den Sachsenkriegen verloren. Nach kämpfen gegeneinander werden sie Freunde und müssen sich den täglichen Anforderungen des Lebens stellen. Im Kontext des Krieges von Karl dem Großen gegen die Sachsen muss sich ihre Freundschaft bewähren wenn Frieden zwischen den Völkern herrschen soll."

**108 Seiten für 7,90 Euro**

**"Der Gefolgsmann des Königs"**
**die ISBN lautet: 978-3-7357-2281-2**

"Die Geschichte spielt um das Jahr 950 im Volke der Sachsen in der Nähe des heutigen Magdeburg. Berthold ist als Oberhaupt nach dem Tod seines Vaters für die Geschicke des Dorfes verantwortlich. Zusammen mit seiner Frau Johanna, seinen Brüdern, seiner Heilkundigen Schwester Edith und den anderen Bewohnern im Dorf bewältigt er die täglichen Herausforderungen des Lebens in einer Zeit in der das Christentum und die Einigkeit des deutschen Volkes noch ganz am Anfang stehen. Als König Otto zum Kampf gegen die Ungarn ruft, werden Berthold und die Seinen auf eine harte Probe gestellt."

**116 Seiten für 7,90 Euro**


**„Im Zeichen des Löwen"**
**die ISBN lautet: 978-3-7347-5911-6**

"Die Geschichte spielt von 1147 bis 1163 im Volke der Sachsen in einem kleinen Dorf. Wolfgang und Heinrich kennen sich seit Kindertagen doch nun ist einer der Herzog und der andere ein Bauer. Kann ihre Freundschaft diese Kluft überbrücken?

Wolfgang erwirbt sich in den vielen Kämpfen das Vertrauen seines Herzogs und darf das Banner mit dem Löwen im Kampf führen doch der Kampf gegen das Volk der Slawen stellt diese Freundschaft auf immer neue Bewährungsproben. Kann Wolfgang, als halber Slawe, den Kampf gegen das Brudervolk mit seinem Gewissen vereinbaren?

Zusammen mit Karl ist er als Oberhaupt für die Geschicke des Dorfes verantwortlich. Mit seiner Frau Gisela, seinen Bruder Siegfried und den anderen Bewohnern im Dorf bewältigt er die täglichen Herausforderungen des Lebens in einer Zeit als aus dem Dorf langsam eine kleine Stadt wird."

**108 Seiten für 7,90 Euro**

Aktuelle Informationen und Neuerscheinungen finden sie immer im Internet unter

**www.Goeritz-Netz.de**